U0919894

OneBook

又自在又美丽

去爱、去吃、去活，像植物一样

AS BEAUTIFUL AS YOU ARE

AS BEAUTIFUL AS
YOU ARE
AS BEAUTIFUL AS
YOU ARE
AS BEAUTIFUL AS
YOU ARE
AS BEAUTIFUL AS
YOU ARE
AS BEAUTIFUL AS
YOU ARE
AS BEAUTIFUL AS
YOU ARE

AS BEAUTIFUL AS
YOU ARE
AS BEAUTIFUL AS
YOU ARE
AS BEAUTIFUL AS
YOU ARE
AS BEAUTIFUL AS
YOU ARE

PREFACE

前言

用什么来记住生活？有的人写日记，有的人用影像，有的人凭气味，有的人靠食物。而对于我，不同的植物，像一本无字的日记，是我安放在记忆里用来寻找和怀念的坐标。

很小的时候，我们住的楼房，从一个楼道上去后左右两边各三户人家，走道很宽，可以当餐厅用。如果不是寒冷的冬天，家家户户做好饭菜就在走道上围桌而坐，孩子们拿着碗从东家吃到西家，有点像小型的“百家宴”。这样宽的走道被很好地利用着，每家都在围栏和地上用花盆种了不少植物，都是些现在看来普普通通的太阳花、仙人掌、石蒜、芦荟、昙花等，也会顺手种一盆葱、一盆韭菜，做菜时缺了，伸手就能掐几根救急。

这些普通的植物在小小的我的眼里，充满了神奇。邻居家的小姐姐得了腮腺炎，半边脸肿得像猪头似的，不肯出门，小姐姐的妈妈每天到我们家的花盆里割一片仙人掌，削去皮和刺，绿绿凉凉地敷在小姐姐的脸上，两三天后肿胀就消失了。我在幼儿园里摘凤凰木的花时被毛毛虫蜇了满身，妈妈从花盆里割下韭菜，加了大粒的海盐搓出汁水一日几次地给我洗伤口，很快就不痛不痒了。

草决明种在大缸里，春夏的时候摘叶子煮汤，深夏开出黄灿灿的花，秋天结一串串豆荚，阳光把豆荚晒裂了口，收集起那些熟褐色小砂粒一样的种子缝一个小枕头，枕着它入梦的孩子眼睛亮亮的，大人说："决明子明目。"盐罐里随时泡着藕节，嗓子上火发炎，小孩子自己就懂得用藕节泡水喝。这些普通的植物在幼小的我看来，仿佛可以解决世上的一切难题。

后来，长大了，上大学，有了工作，有了自己的小家，遇到各种各样的难题，这些难题已不是仅仅依靠植物就能够解决的，但植物仍然是我站在小径分岔路口时的明晰路标。当我心浮气躁的时候，我去给植物浇水摘黄叶，松一松土换一换盆；当我急功近利只顾埋头向前以至于让自己精疲力竭时，我去爬山。高而连绵的大山令人望而生畏，但是因为不时停下脚步欣赏野草和花朵，在不知不觉间便翻越过去了，不感觉有多疲惫，反而有一种收获的欣喜。我于是明白，不管做什么事情，如果不去享受过程的乐趣，那不过是把自己当成了一只工兵蚁。

从南方移居北方的第一年，我清晰地看到植物伴随着季节的变迁而来的生息变化，这是在一年只有冬夏两季的南方生活中难以觉察到的，我第一次感觉到二十四节气、七十二物候中包含的智慧和力量，古人用每五天一个自然景致诠释季节和时间，多么幽微、细致、动人。于是更加用心关注大自然的每一次花开花落、云卷云舒；在第一声鸽哨响起的时候安静地站上一会儿，细细聆听；在都市的繁管急弦间，给心灵留一片净土，感受在那遥远的空山幽谷，春风化开第一抹溪流，迎接生命似水般缓缓流淌。

去年，我在一大片雏菊中看到了孤独的一株虞美人，这应该是从外面运泥加固河堤时带过来的种子。今年，又一次经过这片地方，我看到一大片虞美人骄傲地开放在暮春的风里，美丽得如同一个闪闪发光的夏日。我看到破败灰黑的房间窗台上一盆粉红的碗莲开放得如同纯洁的天使；我看到树木在秋天抖落一身的叶子，耐过冬天的萧瑟和酷寒，在春天开出美丽的花朵，在夏天长满丰厚的绿叶……

我逐渐明白，人生百态，每个人都是在自己的节奏里完成自我。如果你只是小溪里的一颗石子，你并不需要一个大海，你要做的只是，在生活之水推着你向前的时候，看清并记住你身边的风景。

你还记得吗？我们小小的手指甲是凤仙花染红的，过家家的菜是胭脂花和酢浆草的种子，朱槿花有甜丝丝的清凉味道，美人蕉的花心像蜜一样甜，凤凰木的花瓣酸里带涩有青橄榄的香气，我们的项链是薏苡谷串起来的，圆黑发亮，并不逊色于昂贵的黑珍珠……十岁以前，我们都是天使，后来，我们落入凡尘，渐渐忘记了天堂的密码。

圣埃修伯里的《小王子》里有一个商人贩卖一种能够止渴的药丸，每周吞服一丸就不会感觉口渴，“这样，每周可以节约五十三分钟”。小王子听了之后说：“如果有五十三分钟可以支配，我就优哉游哉地向泉水走去。”

你优哉游哉地向泉水走去，沿途可以看到开满花的小径，听到森林里鸟儿的啁啾；走近泉眼的时候，你会听到泉水叮咚，用手掬起一捧泉水，冰冷、清冽，你能感受到千里之外它的源头，而这些，都是那些精制的解渴药丸无法带来的感受。

所以，天堂的密码其实早已植进草叶、植于花瓣、植在根茎、植入万物，如烙如镌、如影随形。如果把来到这个世界仅仅看作是一趟直奔目的地而去的行程，那目的地不过就是一个地名而已。停下疾行的脚步，在一根草、一朵花、一棵树下逗留，凝视它们，触碰它们，只有不把“看”仅仅当作一种简单的视觉行为，我们才可以“看见”。当看清了苍莽万物此与彼之间每一点细微的差异和美丽，我们便拥有了一个不只是路过的人生。

【目录】

CONTENTS

春

夏

秋

冬

【立春】

2月3日-5日

东风解冻

蛰虫始振

鱼陟负冰

东风送暖，辞冬迎春。蛰虫最先感知到季节的变化，纷纷从洞穴中苏醒过来。河里的冰层在不知不觉中慢慢变薄，开始潺潺流淌，鱼儿贪暖，逐活水而游，争先呼吸着最接近冰面的新鲜空气。万物在季节的召唤下渐渐复苏，大自然又开始了新的轮回。

NARCISSUS

1 水仙

水仙

Narcissus tazettaL. var. chinensis Roem.

水仙

石蒜科多年生草本植物，又名中国水仙，是多花水仙的一个变种。

原产欧洲，传入中国后经历代选育形成现在的栽培品种，在中国已有一千多年栽培历史。

下班路过花店，进去买了几头水仙球茎。虽然已经立春，但风仍然很大，狠狠地推搡着人，毫无春天该有的温柔。河面的冰还没有化冻，阳光照在冰面上，给白色的冰层涂抹上一点儿暖淡的鹅黄。

养一盆水仙迎接春天，已经是多年来的一种习惯。从前，还有半个月就到大年的时候，妈妈会带我去买水仙。从鳞茎开始水培，我常常一天几趟地去看花茎（我们也叫“箭”）抽薹了没有，每发现多一“箭”便高兴得不得了。如果年已将到，水仙还是一副不紧不慢不着急开花的样子，妈妈便会浇点儿温水来催促它。

除夕，水仙的“箭”挺挺的，花苞饱满，却还是矜持得很，舍不得绽放，

Narcissus tazettaL. var. chinensis Roem.

水仙

妈妈便说："去睡吧，睡一觉醒来，花就开了。"

妈妈说得对，水仙总不会令我们失望，所以大年初一的清晨是被花香闹醒的。别看水仙文静，香起来却不依不饶，霸道得很，然而谁都不会责备它，因为被花香唤醒是一件美妙的事情。急匆匆跳下床去与这美丽的花朵相见，黄白两色的花朵清雅，气息幽芳，深深吸一口，馨香悠长，直入肺腑。

妈妈早已做好了大年初一的早餐。按照家乡的风俗，大年初一要吃大碌米粉。碌在家乡话中是粗圆形物体的意思，与福禄的"禄"音相同，大年初一吃大碌米粉预示着新的一年福禄长旺。大碌米粉粗如箸头，煮的时候要先下油把米粉炒干，再加入骨汤和生料煮，这一碗粉里兼具了炒粉的香和汤粉的鲜。用什么生料随各人所好，可以是新鲜的猪肉、牛肉或者鸡肉，但最好的是鱼片。飙鱼是玉林人对鲢鱼的叫法，鲢鱼受惊时能从水里蹿起老高，"飙"这个发音在家乡话中代表着一种猛然向上的力，因此得名"飙鱼"。所以飙鱼煮大碌米粉是家乡人喜爱的开年早餐。

水仙在春节前后开放，既美又香，自然被大家视为年节花卉。不过和洋水仙不同的是，中国水仙是单瓣的好，"凡花以重台者为贵，水仙以单瓣者为贵"，文震亨在《长物记》中也说水仙"花高叶短单瓣者佳"。单瓣水仙那金黄色的副花冠像杯盏一样立在白色的花冠上，被称为"金盏玉台"；重瓣水仙便只能叫作"玉玲珑"，香气也逊色几分。

水仙买回来的时候只是干瘪的球茎，要知道是"玉玲珑"还是"金盏玉台”，只能耐心等到开花，所以养水仙和养其他花还不太一样，算是一件有点儿碰运气的事情。除此之外，还会遇到鳞茎刻划不好，长出来的株型不佳，或者光长叶不开花。遇到这样的情况挺惨的，那还不如种盆大蒜呢，虽然水仙在六朝的时候确实是被称作雅蒜的。

我剥开敷着的泥层和干枯的鳞片，洁白如百合一样的球茎便露了出来。其中两颗养在一个宜兴陶盆里，盆身上刻着张栻的诗，“便觉眼前生意满，东风吹水绿参差”。另两颗特意找了个透明的玻璃器皿，只为了现出水仙素白的球茎，配上绿叶黄花，像极了某一年时装秀上的一袭绣满黄白色花朵的绿色塔夫绸裙。

三天后，水仙的叶子开始长出来，长势很快，上一天班回到家，看到它又长高不少，绿油油的，一天的倦乏一扫而光。又过了几天，清晨给水仙添水的时候，看到它已经抽出了短短的花箭。买回来时仿佛全无生气的鳞茎，不过十来天的时间和几杯清水的浇灌，就一下子抽出了八枝花茎，着实令人开心。

球茎植物总令我觉得魅惑，它们完美地诠释着生命的循环和轮回。每次花开完毕，球茎植物便仿佛走完了短暂的一生，像死去一般寂静，生命的一切活动也全然静止。但生命其实在黑暗和枯槁中延续着，到了来春，只要有足够的光、温度和水分，便又可以重新复活。

周末的下午和孩子到三联书店看书，才过去一个星期，书架上就又有不少新书。看到了熊培云的诗集《我是即将来到的日子》，很喜欢里边的一首《星空》，“爱情比戒指古老，交谈比契约古老……”整本都是短小的诗，一下子就能翻完。但是好书和生活一样，要品出滋味，都得慢慢静下心。又随手翻看《MOMA 亮点》，翻开其中一页，是塞尚的《叶子》。塞尚研究色彩和线条的习作，用颜色和线条表现叶子沙沙作响的节律，成为他后期水彩画作品中最优秀的典范。

书上印刷的小小图片，神韵当然不得原作的百分之一，但其中线与块、冷与暖的匀和，看着还是很舒服。从这幅《叶子》那短小而随意卷曲的笔触中，我竟仿佛看到水仙叶片的韵致，水仙的叶子是有韵的，看着简单，却绝不呆板。

从书店回到家，水仙已静悄悄地绽放，空气中飘浮着淡淡的馨香。

Jasminum nudiflorum

迎春

WINTER JASMINE

2 两生花

迎春 探春

Jasminum nudiflorum

迎春

木樨科素馨属落叶灌木。花期 2–4 月，在百花中开花最早，花后即迎来百花齐放的春天。

Jasminum floridum Bunge.

探春

木樨科素馨属半常绿灌木。别名：迎夏、鸡蛋黄。枝条开张，拱形下垂，春天开花。

新年照例是回南方过的。节前几天总要和家人去逛花市，买回几盆年橘和鲜花，烘托新年的喜气。南方气候暖，四季都有花开，这个时候，兰花、茶花、银柳、月季、海棠、水仙、大丽花……各种花卉都是花枝招展，仿佛比一年中任何时候都要精神和喜气。街边路旁，也是繁花似锦。朱缨花是从头一年的深夏就已经开花，朱槿算是花界劳模，一年到头花开不歇。黄槐、决明花团锦簇，假连翘结了橘黄色的果，挂在枝上也很惹人。迎春花的柔枝随着暖风飘飘荡荡，花不太多，一片嫩绿中有几朵明黄。

Jasminum floridum Bunge.

探春

这个时候，北方大多数开花植物还在孕蕾。从前在北方过年时卖的花叫“唐花”，王士禛在《居易录谈》中记载：“今京师腊月即卖牡丹、梅花、绯桃、探春，诸花皆贮暖室，以火烘之，所谓堂花，又名唐花是也。”如今有温室，不必火烘，但温室大多用来种蔬菜，和南方的花团锦簇相比，此时北方大地上还是一片简肃。

大年初二一大早，一边吃着妈妈煎的年粽，一边翻看微博，不少人在晒北京迎春花开的图片，花刚开，还没有长密，只是在大蓬暗绿色的棱状枝条上开出藤黄色零星几朵，却分明能感受到拍照者雀跃的心情。在北京，迎春花要算是最早的报春花了。萧瑟一冬后，若是看到迎春花的藤黄，便感觉大地已经开始苏醒。迎春花开的时候，草色远看是有那么点儿绿了，树木和花的叶芽开始冒出来了，冰慢慢化了，太阳好的时候，仿佛能听到各种虫子在鸣叫，其实只是一种幻听，是鸟儿的啁啾，因为鸟儿也多起来了。

我看着微博里的迎春花图片，再看看窗外暖阳下的迎春花，隐隐觉得有那么一点儿不妥，今年的南方是个暖冬，怎么迎春花却是和北方的迎春花同时开放？年节中人多事忙，一转头我便把这个疑问丢到脑后了。

大年初七回到北京，路上的迎春花开放得密匝多了，又经过连续几天风和日丽，花越发烂漫，尤其是向阳的地方，花朵浓密地挤在一起，那一小朵一小朵的黄便连成片漫成海。可是总感觉这迎春花开得不如南方的朵大娇媚，枝条也不如南方的婀娜，而且一片叶子都没有。是因为北方缺水，天气干燥的缘故？

突然，我脑子好像被人敲了一记：“难道，这南方迎春花和北方迎春花根本不是同一种花？”想到这点，心里的那个“福尔摩斯”又活跃起来了，马上到网上和《中国植物志》去查找真相。果不其然！这南北方的迎春还真不是同一种植物，它们是木樨科素馨属下的两朵姐妹花。北方的迎春花是落叶灌木，先开花后长叶，盛花期是没有叶子的。而在南方被我们一直叫惯了的迎春花，中文学名叫迎夏，也叫探春。迎夏先长叶后开花，花期比迎春要晚，只是因为南国春早，才凑巧地形成了这样南北迎春同迎春归的景象。若是不仔细分辨，很容易就会把李鬼当作李逵了呢。

想想这两种姐妹花的名字还真是有趣。曹雪芹笔下的贾府四姐妹当中，老二和老三便是取名迎春和探春。迎春是有名的“二木头”，小厮兴儿给尤二姐八卦大观园里的姑娘时都忍不住要讥讽她一句“戳一针也不知哎哟一声”。探春呢，“俊眼修眉，顾盼神飞，文彩精华，见之忘俗”，与迎春相比自是活色生香得多。

曹雪芹十三岁从南京移居北京香山脚下，想来这两种素馨属植物他都见到过，是否有意无意间影响过他对姐妹俩性格的塑造？恐怕也不过是我自己穿凿附会罢了。

CHINESE LEEK

3 韭 韭

Allium.tuberosum Rottl. ex spr.

韭

别名：起阳草、扁菜等。百合科多年生草本植物，根、叶、花莛和花都可以食用。原产亚洲东南部，适应性强，抗寒耐热。

古人的闲雅时常令我既羡慕又汗颜，时间与自然在他们心中、手下，随时能演绎成一场天人合一的游戏。为了盼春，他们在冬天里描画《九九消寒图》，写下“亭前垂柳珍重待春風（风）”“春前庭柏風（风）送香盈室”，这样美丽的句子，每句九字，每字九画，从冬至日开始，每天按照笔画顺序填充一笔，九九八十一天后，春天重回大地。

我附庸风雅，去年冬至也开始描摹，到了立春这日开始描下六九的“重”字第一撇，迎来新一轮节气的第一天。拉开窗帘，蓝天澄净，清晨的阳光柔柔地铺满了窗前的一小块地方，春天竟然就这样平静地到来了。

从前读唐诗，觉得杜甫很严肃，但在立春到来的时候，他也会写下一些

Allium.tuberosum Rottl. ex spr.
韭

柔软的诗句：“春日春盘细生菜，忽忆两京梅发时。盘出高门行白玉，菜传纤手送青丝……”诗中的“白玉”是豆腐，“青丝”是韭菜。春天正是韭菜新发的季节，一把绿油油的新鲜韭菜，用来象征春天，再合适不过。而春天的韭菜味道也最好，《南齐书》里记载着：“文惠太子问（周）颙：菜食何味最胜？颙曰：春初早韭，秋末晚菘（白菜）。”

我在朝南的阳台用花盆种了韭菜，在微暖的阳光下，绿油油的，生机十足。韭菜的分蘖力很强，一年里可以割了又长，再割再长，生长期还远不止一两年。有一次到乡下玩，吃农家饭，韭菜是在地里现割的，土鸡蛋要到草丛中捡，做个韭菜炒鸡蛋，上桌后绿的深绿，黄的发金，色浓味香，我们赞不绝口。主人夸耀说自家地里的韭菜已经长了有 20 年，还挖起一蔸来让我们看，想不到地上的韭菜叶纤细柔软，地下的根却虬曲浓密，茁壮者有如我的手指粗细，不由人不对这强盛的生命力心生敬佩。大约也是因为韭菜长命这个特点，所以《瑶池会八仙庆寿》中吕洞宾是这么唱的：“汉钟离遥献紫琼钩，张果老高擎千岁韭，蓝采和漫舞长衫袖，捧寿面是曹国舅。”

从小，母亲在做饭时便喜欢我陪在身边，东一搭西一搭地和我说话，很多关于食材的知识便从细细碎碎的闲谈中得来。关于韭菜，我从母亲那里得来的知识，一是春韭香夏韭臭，二是分细叶和宽叶品种，细叶的味道更香。把韭菜切碎炒鸡蛋、拌馅儿做饺子，或是切寸段炒小河虾，那绿的绿、黄的黄、红的红，真真儿是可以下饭的艺术品。如果用韭菜做汤，和鸭血最搭。要是去吃南宁的名菜柠檬鸭，坐下来不用看菜谱，来一份柠檬鸭，看人数多寡来决定斤两，再加一盆韭菜鸭血汤，人均至少要“消灭”一碗米饭。韭菜简单又惊艳的做法是用热油爆香干沙虫，兑入清水或骨汤，待沙虫鲜味释出，放入切段的韭菜，鲜到眉毛都要掉了！

还说回杜甫，他那首著名的《赠卫八处士》，人们喜欢引用起首二句“人生不相见，动若参与商”，感慨老友相见之难有如此升彼落的参、商二星。我却更喜欢中间的 “夜雨剪春韭，新炊间黄粱”，觉得诗句之外的清新堪比陆游的“小楼一夜听春雨，深巷明朝卖杏花”。杜甫和旧友卫八处士重逢，激动不已：今夕是何良辰，我们竟能灯下叙旧。让儿女自去张罗酒菜吧，夜雨敲窗，正是春韭最鲜嫩的时候，佐以新熟的黄粱，你我且把酒言欢。而明日？明日又天涯。

春天的雨夜清冷料峭，这一把带雨春韭让寒夜变得无比温情，几十年后，白居易也在一个寒冷的冬夜轻声询问刘十九：“晚来天欲雪，能饮一杯无？”

韭菜长得像草，它的花虽不大，却细巧精致，白色的花冠，黄色的蕊丝，青绿色的子房，花开成片的时候，远远望去，如青青草地上覆了一层雪，大大方方，素净淡雅。韭花的食用方法和韭菜差不多，煎鸡蛋、炒虾仁、做汤。但是韭花比韭菜脆、甜，即使不加肉、蛋、虾，清炒也是上品。夏末的傍晚，路边有农民大哥挑着竹篮子叫卖韭花，只是花，没有梗，“这是韭花？”农民大哥回：“是，可以做韭花酱，买点吧。”

韭菜花可以做成韭花酱。将韭菜花磨细，拌盐腌渍做成的韭花酱，是北京人涮羊肉时的一味调料。云南曲靖的韭花酱最讲究。这种韭花酱据说起源于清末，韭菜花在曲靖的韭花酱中退为配角，只起为主角添香之用。做法是将苤蓝、红辣椒切丝晒干加入韭菜花，加以白酒、盐及红糖拌匀腌渍，这样做出来的味道，汪曾祺先生曾写过，“味道不很咸而有一股说不出来的淡淡的甜味”。

杨凝式是唐代大书法家，一个秋日，午睡醒来，正觉腹中饥馁，忽得友人送来当令的韭花，正好用来佐食羊肉。杨凝式感念友情，修书一封以表谢意：“昼寝乍兴，輖饥正甚，忽蒙简翰，猥赐盘飧，当一叶报秋之初，乃韭花逞味之始，助其肥羜，实谓珍羞（馐），充腹之馀（余），铭肌载切，谨修状陈谢，伏惟鉴察。”帖由韭花而生，得名《韭花帖》。古人的交往，礼节上“君子之交淡如水”，情怀却胜过“桃花潭水深千尺”，一片玉壶冰心，堪耐咀嚼。

我看过这幅被誉为“天下行书第五帖”的《韭花帖》，喜欢字里行间那既雅逸风流又端庄沉静的文人风致、布局疏朗之下的随意舒卷，还喜欢在这几行字当中流转的对朋友既爱重又处之以坦然的气质。

韭菜是普通的，可是并不妨碍它坚韧地活在天地间，自在自美丽。它带状的叶子如兰如萱，花朵素白如空谷幽兰，汪曾祺先生说杨凝式把韭菜花见于文学作品是头一回，“韭菜花这样虽说极平常，但极有味的东西，是应该出现在文学作品里的”。我猜汪先生想说的是，平常中所蕴含的生活滋味，胜过风花雪月的款曲旖旎。

【雨水】

2月18日-20日

獭祭鱼

候雁北

草木萌动

春风拂动，草木萌发，淅淅沥沥的小雨滋润着大地。此时南方天气已暖，大雁成群自南向北飞去，形成远天上的一道亮丽风景。刚刚从冬眠中苏醒过来的水獭钻入水里，将第一次捕捉到的鱼排列在岸边，像是在祭献大自然。

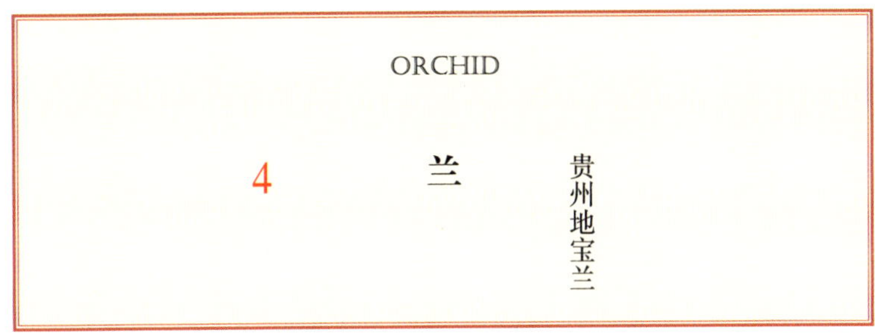

Geodorum eulophioides Schltr.

贵州地宝兰

1921 年由德国植物分类学家 Schlechter（斯彻莱彻特）在贵州罗甸进行兰科植物考察发现并命名。是我国特有的珍稀植物，常生于海拔 600 米的河谷旁。花期 12 月。

百色乐业的天坑一带是一片神奇的地方，深陷于地表之下的天坑是一个相对封闭的漏斗结构，坑内外温差明显，不断升腾的雾气，高大乔木创造的良好郁闭度，保存完好的原始生态环境，为兰花提供了绝佳的生存环境，这里从海拔 400 米的河谷到海拔 1900 米的山峰都有兰科植物分布。天坑里生长着数万丛野生莎叶兰。拉雅峡谷的一处峭壁上，藤蔓状的台湾香荚兰铺天盖地。兰气清幽素淡，雨洗过后的桂堪堪可得其三分韵。但是，在五六月份兰花盛开的季节，满山谷都是清香。

那天，跟着“植物人”朋友去“回访”一株长在海拔 1300 米的一处山脊上的叉唇角盘兰。要到达那里，必须翻过两座山，车子无法到达，连

Geodorum eulophioides Schltr.

贵州地宝兰

人走的路都没有。车子把我们送到半山腰，再往上已经没有了车行的路，连通信信号也都覆盖不到了。我们干脆关了手机，来一个与外界的失联。翻过一道牧场的栅栏，沿着牛只开辟的小路往山上走。这里的植物已经由刚才一路上来所看到的葱茏大树换作了小灌木丛。最茂盛的是金樱花，还没到花期，叶子绿油油的，看着赏心悦目。蕨类植物也很蓬勃，蕨芽正嫩，蜷曲着像一只只小拳。我一边往上爬，看到蕨菜就顺手采下，一会儿便收获了一把，足够晚餐做一道凉拌菜了。

路上为了消乏，“植物人”对我说起了 2006 年在这片保护区里被重新发现的贵州地宝兰。自从 1921 年德国植物分类学家斯彻莱彻特在贵州罗甸采集到一份标本后，在长达八十多年的时间里，贵州地宝兰好像从这个世界上消失了一样。我国的植物学家在编写《中国兰科植物志》时，也只能参考这位德国人的记录。 如今，全世界只有在乐业的雅长乡发现了这种花朵有着美丽的玫瑰色唇瓣的贵州地宝兰，而且目前野生分布的自然居群只有五十多丛。

“植物人”一直努力尝试人工培育新的植株，并且寻找合适的生存环境，将它们放归自然。为了保护这个稀有的物种，提高贵州地宝兰的传粉概率，也为了避免近交，“植物人”和同事们采用人工的方式帮助贵州地宝兰传粉。有一次，他用一根草梗从一棵开花的贵州地宝兰上蘸取一些花粉去为另一株开花的贵州地宝兰传粉。几十米的距离，走得小心翼翼，担心一不小心花粉团可能被风吹走，或者掉落地上前功尽弃。“我捧着花粉，就像捧着希望！”他很文艺地对我说。

因为珍贵，便有人会打各种主意。“植物人”说：“其实，我知道有一片地方，那里生长着很多贵州地宝兰。不过，我不会告诉任何人。”

我们边走边聊，边看边走，越往上走，路越难走，渐渐地，芒草比人还高，还有各种带钩刺的草和灌木阻拦我们前行。有些地方不到半米之外就是陡深的山沟，路窄得令人心慌，还掩没在高高的芒草之下，一不小心还可能踩空滚下山谷。“植物人”和他的同事健步如飞，他们为了寻找各种兰花，经常要在山里转，早已习惯了这样的山路。我走得很慢，因为一路上的植物种类实在丰富，眼睛忙不过来，既要小心看路，又舍不得错过这些美丽的山中精灵。这人迹罕至的大山深谷就是植物们的家，与鸟虫为邻，鸟虫为它们歌唱，它们回报以美丽的花。我是一个莽撞地闯入它们安宁世界的外人，却在这里感受到它们的自在，收获了安宁和快乐。

四个小时，成功翻过两座山脊后，我终于看到了今天专程要访的“主角”。想不到这株兰花竟然长得那样瘦小，毫不起眼，若不是朋友指点，我会以为它就只是一棵普通的野草。阳光打在它的身上，幽绿的叶子纵横折垂，偃仰自生，周围的花草和灌木在它这份清素雍雅前全败下阵来，天地间仿佛只剩下它随意舒展，葳蕤自芳。

难怪中国画钟爱兰。兰生于幽谷，寂寞生长，寂寞开放，得天地之灵气，那份脱俗，用墨色表现再恰当不过。石涛画兰，浓墨勾筋，淡墨点花，轻描淡写间画出兰的骨韵。郑板桥画兰，画上题写：“非无脚下浮云闹，来不相知去不留。”

兰，在中国早已被当作一种精神。中国文人爱兰，爱的是孔子所说的“芝兰生于深林，不以无人而不芳；君子修道立德，不为穷困而改节”的气节，是“不将颜色媚春阳”“任是无人也自香”的蕙质。《幽梦影》里说，“兰令人幽”，安静开放在春风里的兰，既不招摇也不霸道，从兰的身上，是可以学到以平常心看世间事的。

PLUCKING WILD

5 采薇

白花菜 枸杞 马齿苋 雷公根

Solanum nigrum L.

白花菜

学名龙葵，茄科茄属植物，一年生草本植物，夏季开白色小花，球形浆果，成熟后为黑紫色。广泛分布于欧、亚、美洲的温带至热带地区。

Solanum nigrum L.
白花菜

Lycium chinense Mill.

枸杞

茄科枸杞属灌木。枝条细弱，弓状弯曲或俯垂，嫩叶可作蔬菜。花果期 6–11 月。果实红色，中药称枸杞子。

Portulaca oleracea L.

马齿苋

别名：马苋、瓜米菜。叶片扁平、肥厚，似马齿状，嫩叶可作蔬菜，味酸。5–8 月开黄色小花，果期 6–9 月。喜肥沃土壤，耐旱亦耐涝，生命力强，生于菜园、农田、路旁，为田间常见杂草。

Centella asiatica (L.) Urban

雷公根

中文学名：积雪草。别名：雷公根、崩大碗、马蹄草。伞形科积雪草属多年生草本植物，茎匍匐，细长，节上生根。花果期 4–10 月。

一转眼便到了雨水节气，苦楝树上，枯茶色的果一串串仍在枝梢挂着，但尖小的绿芽已经冒出，站在树下抬头看，像一幅烟灰色的天空做底的锦缎。

东风吹过，雨水滋润，春天便切切实实回来了，牛毛细雨一落下来，干

Lycium chinense Mill.

枸杞

旱了一冬的土地立即由僵硬变得柔软。春天的天是蓝得要流下来的，流到田野里，变成盈盈的绿，野草长了满地了。绿色的草茬细、茸、柔软，远远看过去都是草，但在识得的人面前，这些草就是餐桌上的春天。

白花菜有个很响亮的名字叫龙葵，过了一冬，柔嫩的新芽开始蹿上茎头。春雨下过之后，白花菜最嫩也最肥美，将骨汤烧沸，然后下肉末和白花菜，吃在嘴里，苦后回甘。春游踏青，采上一把，在游春的爽朗之中，又多了收获的喜悦。小时候不爱吃白花菜，嫌它苦，却喜欢它夏天开出的白色小花，虽然小，但是很美，到了夏末，小花就变成了青色的珠果，珠果变得黑紫的时候，吃在嘴里有股甜中带点儿铁的腥味。

春雨让枸杞菜从冬天的单薄变得肥厚。清代陈淏子的《花镜》写枸杞，“南北山中，及丘陵墙阪间皆有之”“生于西地者高而肥，生于南方者矮而瘠”，可见枸杞是易长常见之物。但在南方的时候，枸杞一般都食用叶子，没有见过结枸杞子，所以我一直以为南方枸杞和北方枸杞不是同一种植物。春天的枸杞芽最好吃，在其脆嫩可口，在其苦后余甘。《山家清供》有道“三脆”。三脆者：枸杞芽、嫩笋和小蕈，可见其味美。但是在乡下，农人并不刻意栽种，只在自家的园地边围植一圈，枸杞茎上长刺，既是菜，也作篱笆。枸杞芽煮汤是最常见的做法。南方的妈妈喜欢在枸杞菜汤里加入猪肝，猪肝含铁，枸杞菜明目，寄托母亲对孩子健康成长的一份心思。

马齿苋的叶形长得像马齿，要到夏天才开出黄色的小花，它是那种乍一眼看去貌不惊人，细看之下却实在是美人的植物：红茎、绿叶、黄花、

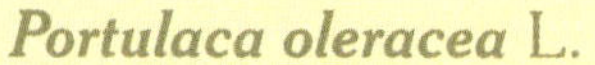

Portulaca oleracea L.

马齿苋

黑籽、白根，细巧而精致。

春天的马齿苋油绿鲜嫩，营养很丰富，含有在鱼类尤其是海洋鱼类中才有的 W–3 脂肪酸。我们的祖先很早就发现了吃马齿苋的一些好处，于是给它起了“长命草”“长寿菜”这样响当当的名字。马齿苋没有一般野菜的清苦，倒有一种开胃的腥酸，热油爆炒，投以蒜蓉、辣椒，爽口解腻。

春雷未响之前的艾，柔柔的，披着稚嫩的白茸毛，又嫩又香。艾分两种，香艾和苦艾。香艾可以吃，苦艾作药用。水烧到蟹眼泡的时候，放入香艾焯烫，然后用凉水漂涩，挤干水分后切碎了煎蛋，别有一番味道。或者与肉末煮汤，亦苦亦鲜，全是春天的滋味。最普遍的做法是捣出液汁，和上糯米粉做糍粑，中间包裹花生芝麻糖馅，蒸熟后一口咬开，溏化的芝麻花生馅伴着艾草的香味汩汩而出，早把浮华的蛋糕忘在了一旁。

苦艾可以烧药汤来泡脚，活血去寒湿。老去的艾叶也可以晒干了做同样处理，或者外出露营时烧上一撮用来熏赶蚊子。有一位朋友说，艾草燃烧的味道于他而言是思念的气息，令他想起小时候，奶奶在夏夜点燃艾草，陪他们兄妹度过山中蚊虫密集的苦夏。

雷公根也可以采了，虽然要到惊蛰雷声响过才是采雷公根的最好时节。可是，春气刚动，小小的莲叶般的叶瓣已经按捺不住一冬的冷肃，悄悄换上新绿，在地上一串串逶迤开去。南宁人喜欢把它洗净捣汁，伴以冰糖做成饮料，这么一杯“生冲雷公根”可以清热解毒去痧气，有王老吉

Centella asiatica (L.) Urban
雷公根

之功用，而无王老吉之大苦。我则喜欢将雷公根切碎了蒸牛肉饼，甘清的气息从牛肉的鲜香中冒出来。儿子最为喜欢，还常常当作小宣传员，告诉其他小朋友的妈妈。

地耳也长出来了，规模还小。地耳是一种藻类，也叫葛仙米，看起来像是海里的紫菜长到了陆地上。再过半个月，雷声响过，下雨之后，才是地耳最盛的时节，在草地上漫成一大片一大片，老人带上孩子提了篮子去捡，很容易便得满满一提篮。洗净了，炒鸡蛋，有木耳的脆，又比木耳更松脆爽嫩。地耳还有个名字叫雷公菌，可是因为这长在地上的“耳朵”，正等待着倾听那春天的雷鸣？

CYPRESS

6 柏子

柏

Cupressus funebris Endl.

柏

常绿乔木或灌木。花期3–5月，种子第二年5–6月成熟。中国栽培柏木历史悠久，柏木四季常青，树姿端庄，是中国常见的园林树种，常见于庙宇、殿堂、庭院。

三月里，我到北京林业大学找朋友，校园里大半的树都开着花，西府海棠、连翘、樱、杏、山桃以及榆叶梅。我们站在杏树下拍照，杏花纷纷如雨下，落在发顶和肩上。“春日游，杏花吹满头”，一直是我心目中最美的诗句，不管什么时候想起，春天就在心间。杏花的盛花期已经过了，草坡上一片轻粉雪白的花瓣，很容易便能捡满一合手掌，带回去做几个杏花糯米团，摊一个杏花饼。煮熟后的杏花吃在嘴里，是带着杏仁香的春天滋味。

旁边的柏树上几乎每一根枝条尖都是圆而黄的一小团，往年没有留意过，今年在城里看到的柏树大部分是这种状态，我最早是在德胜门附近的西海西沿看到的，有知道的老人看我感兴趣，告诉我，这是柏树的雄球花。那么，雌球花长什么样呢？老人也说不上来。有一段时间，看到柏树我就忍不住扑上去在枝条间翻找，可就是没有发现雌花的影子。

所以在北林大看到开花的柏树，我忍不住又上前翻找，还是一无所获。恰好一个学生扛着高枝剪经过，我便向他请教。学生哥有经验，围着柏树转了两圈，用高枝剪剪下一段结有柏子的枝条，找了一会儿后告诉我：“喏，这就是了。”

我一看，柏树的雌花可真是细小啊！很浅的黄色，幼小如粟，难怪平常找不着呢。有了学生哥的指点，我在柏子周围找，一下子便发现了两朵雌球花，接着，又发现了好几朵。柏树雄球花的色彩比较明显，容易发现。而雌球花微小如粟，如果不是得到指点，恐怕我会一直错过这自然界的秘密。其实，那些所谓的“秘密”一直在我们的眼皮底下，只是我们不知道如何去看见它。

二百多年前，歌德把兴趣转向研究植物、矿物、天上的云等自然界的各种现象，希冀从那些“宇宙公开的神圣秘密”中获取艺术创作的灵感，他相信，如果你知道如何观察，就会发现那些感官世界的秘密。

柏树的花期很短，当雄球花鳞片打开，风便将花粉吹送到雌花上着床。也许是为了授粉的成功率，雄球花的数量惊人，以至于整棵柏树都变成了黄色。花粉多的时候，一阵大风吹过，柏树瞬间腾起一片黄色的烟云。着床之后，要经过整整一年，受精的雌球花才能结成柏子，灰绿色的柏

Cupressus funebris Endl.

柏

子结在树间，数量众多。我记得出嫁那天，按照故乡的风俗，嫁衣两肩的位置会各缝上一根线，线端系着柏枝，取“百子千孙”的吉兆，如今才真正理解了这个祝愿之下的植物物语。

柏树种类很多，常见的有侧柏和圆柏。柏子有股松香味，但又不只是单纯的松香，还带有甜丝丝的香。侧柏的柏子比圆柏大，味道也更浓更香一些。不知道为什么，我总感觉柏子的香气中有一股雪的气息，清幽宁静，轻轻地嗅闻，心便一点点地落在了最安稳处，这大概就是柏子所具有的安神作用吧。

古人爱用香，香多从草木出。柏子有种松柏类植物独有的清香，古人除了用来熏衣物，更多的是用来焚香。苏东坡说过“铜炉烧柏子，石鼎煮山药”。隐居山中的宋代诗人邹登龙说：为梅树修枝、斫山藤补菊篱、柏子香中读《周易》、用荷花的清露研墨写唐诗，是人生最雅的四桩事。

我采回一捧柏子，装在小棉布袋里，挂在衣橱间。每天打开衣橱，都仿佛推开了一扇面对山林的窗。

【惊蛰】

3 月 5 日 -7 日

桃始华

仓庚鸣

鹰化为鸠

阳气回升，蛰虫惊而出走。黄鹂鸟（仓庚）感觉到春的清新之气，纷纷在山林间啾啾鸣叫。此时是鹰的繁殖季节，它们在人迹罕至的悬崖峭壁上筑巢产卵，仿佛一下子消失了一样，而成群的布谷鸟（鸠）开始在空山幽谷中出现。

PEACH BLOSSOM

7 桃花

桃树

Amygdalus persica L.

桃树

蔷薇科桃属植物，是一种果实作为水果的落叶小乔木，花期 3–4 月，果期一般为 8–9 月。原产中国，我国各省区广泛栽培。桃树干上分泌的胶质，俗称桃胶，可用作黏结剂等。

惊蛰是一个桃红色的节气，因为这时桃花盛开了。

在四季不分明的南方，桃树是少有的能让人感受到季节变化的植物。春寒料峭，乍暖还寒，雨斜斜如针，开始在大地上织锦绣。敏感的桃花急急绽蕾，先是光光的枝干上有三两点桃红，接着便三五朵、七八朵，一夜春风，暖意稍浓，枝条便逐渐被红色裹住。春雨之后，再吹一阵暖风，突如其来的烂漫花事便一下子把人惊到：满树红粉，密密匝匝，远远看去宛如平地腾起一片绯云。

Amygdalus persica L.

桃树

桃花的品种很多，我独爱纤秀的山桃，单瓣，宫粉，即使在最繁盛的时候，也显得弱质纤纤，清雅秀气。高中时，教学楼前新栽了一排山桃，树还很单薄，宫粉的花瓣像极青春期纤弱的我们。宿舍里几个女孩常去捡落下的花瓣用来做书签。花瓣软薄，做这个书签急不来，须得小心翼翼在书里摆好花形，屏住呼吸轻轻、慢慢地合上书页，做起来并不容易。可是即使这么费了老劲儿地做，青春年少的心里也不存事儿，一转身便忘了。时间一晃过了好多年，前些日子翻看一本老书，重新发现了那些从前夹在页间的花瓣，宫粉早已淡成浅浅的豆黄，像一痕褪色的心事。

有一年去乐业大石围天坑群，一路上，峰丛如笋，山道曲折，在拐了无数个弯之后，道路终于慢慢变直。道路的右边是一大片油菜花田，黄花烂漫，蜂蝶飞舞。路左是青砖黑瓦的一户人家，屋基低于国道近一米，只露出半截屋身和黑灰瓦顶以及后院几株开满花的树冠，绯红粉白像云霞。

我们站在路边对着院落扬声问道：“有人吗？”一个中年男子从屋里走出来，我们向他请求到院里赏花，他痛快地答应了。从路边斜斜的小道拐进男子的家，天井边上坐着一位老人，是男子的岳母。老人看样子有七八十岁了，脸上写满岁月，见有客人，并不说话，一脸慈祥，目光静静地跟着人走。

后院是个小坡，种了几畦青菜：半畦油菜开了黄花，高高挑挑地长在菜地里；莴笋正壮；白菜、小棠菜已经抽薹。小土坡中间种着将近二十株果树，浅粉是桃，绿白是梨，锦簇灿烂。这些年，桃花在城市里被植为园林景观树，但栽种的大多是花色浓重的重瓣碧桃，这样单瓣的桃花反倒少见了。而且，我一向觉得桃花宜开在山野间、溪道旁或者是乡村的院落屋角，才合得上它看似烂漫，实则疏淡的性格。

这石山脚下农家的十几株山桃，浅淡、秀气、单薄，惹人怜爱。一阵风过，轻软的花瓣，纷纷扬扬。要这样的花，才惹得起林黛玉的忧思，“柳丝榆荚自芳菲，不管桃飘与李飞；桃李明年能再发，明年闺中知有谁”。但乡里人是不将桃只当作花来看待的，也没有这样的闲愁，他们把它看作完整实在的生命，开春花为的是结秋实，修剪下来的枝干当柴把用来烧火做饭。这样的平淡胡兰成也写过：“我乡下映山红花是樵夫担上带着有，菜花豆花是在畈里，人家却不种花，有也只是篱笆上的槿柳树花，与楼窗口屋瓦上的盆葱也会开花，但都不当它是花。邻家阿黄姊姊在后院短墙上种有一盆芷草花，亦惟说是可以染指甲。这不当花是花，人亦不是看花赏花人，真是人与花皆好。”

男人笑着看我们在花树间走来走去，一边问我们来自哪里，一边问我们做什么工作。别人豁朗，我们自己也不能拘泥，原原本本回了他。他很惊喜，说了一个人的名字，这么巧！恰好是我们的同事。男人指指坐在天井的老妇人：“那是他的外婆。”男人回过头用当地土话向老妇人说了几句话，老太太皱皱的脸一下子笑开了，伸出枯瘦的手拉着我们说话，来来回回其实就是简单的那几句，“他好哦？”“他是我外孙仔。”但我们都能感受到她满心的欢喜。

离开时，我们给老太太拍了照片，带回去给同事一解念想。

BAMBOO SHOOT

8 笋 笋

笋

是幼竹的统称。笋一年四季皆有，以春笋和冬笋味道最佳。

雨水节气刚过，在京郊春游，在一小片竹林里看见一枝嫩竹破土而出，半米来高，手指粗细，竹叶还包在笋壳中，尚未舒展成秀巧的“个”字，仍然是笋的样子。轻轻剥开笋壳，现出莹莹的绿，如遥远的南方，春雨之下那欲滴的翠。

吃鲜笋讲究时令。在南方，各种不同的竹笋随季节陆续生发，一年四季的餐桌上都不会断了鲜笋，在北方就没有这种随时随地的口福。好在笋子晒干可以做成干笋。陆游会吃能写，他说，“海客留苔浦，山僧饷笋枯”，笋枯便是晒干的笋。晒笋干最好是春笋，春笋嫩、鲜，但是春笋出来的季节，正是南方的绵绵雨季。可以用火烤干，虽然不受天气影响，但烟火之气却伤了笋的清气，有损笋的真味。

竹笋是由竹的地下茎（竹鞭）上的芽萌发而成，竹子种类很多，但并非

Bamboo Shoot

笋

所有的竹笋都值得食用。有的竹笋苦辣难以入口，有的又输在太细，比如箬竹笋。但箬竹的叶子却是好东西，可以做遮阳挡雨的斗笠，又可以用来裹粽和糍粑，叶子的清香随蒸腾的热气渗入米间，咬一口，一股山野的滋味。

春雷隆隆，是雷竹笋的出土盛期。雷竹大多种在农家的房前屋后或低丘缓坡，是春天最早的馈赠。笋体肥大的毛竹笋紧随雷笋而来，毛竹笋冬春都可以收获。春笋泛苦，可做酸笋或晒干做成玉兰片。冬笋则甜脆可口，焯水后切丝炒熟，清新细嫩。

到了清明，广西大部地方的水边、洼地、山间，细小的野生竹子拔节生长，绕着水塘转上一圈，能采得一大捧嫩笋。还可以取结实的细竹做钓鱼竿，弹性很好。钓上肉质鲜美的“船钉鱼”，回家后用油煎，只洒盐花，已是无上享受。坐在水边等鱼上钩的时候，正好将笋壳一片片剥了，露出鹅黄嫩绿的细细一截，切段炒五花肉，五花肉的油脂很好地化解了笋的微涩，笋鲜加肉腴，雅与俗的风云际会。

立夏之后可以采大笋和麻竹笋，能一直采到霜降节气。大笋是大头典竹的笋，个头较大，一莼能有三到五斤重。大笋出土见到阳光，外壳转为深绿色，笋质脆嫩，但苦味颇重，吃之前要煮开焯水，在水里泡上两三天。

七八月间，是百色八渡乡的八渡笋最鲜嫩的季节。八渡乡藏在山里，土地肥沃，气候潮润，笋质脆嫩无渣。用薄荷与八渡笋同炒，笋的甜、脆、嫩，带上薄荷的香，用白居易的话说，是“每日遂加餐，经时不思肉”。

寒露和霜降时节到柳州的元宝山，便能遇上大苗山区为时一个月的重阳笋季。重阳笋又叫火烧笋，是野生箭竹的竹萌。走在山路上，不时能遇上背着满竹篓重阳笋的山民。篓里还装着他们顺手摘回来的一种叫“蚂蚁菜”的野菜。“蚂蚁菜”长在水涧边，开紫红色花，微酸，和小米椒一起捣烂后用油、盐、豉油调味，是瑶山人吃鱼的绝妙配搭。城里的饭店炒重阳笋喜欢搭配熏肉，我总觉熏肉的味道过于烟火，掩过了重阳笋的清冽，有点暴殄天物。脆嫩的重阳笋微涩带苦，苗山人用烧开的淘米水煮笋去涩，切碎后与半肥瘦的肉末、蒜蓉、干椒粒同炒，炒熟后既翠且脆，清鲜爽口。

百色的乐业县有一种像小孩手臂粗细的田竹，长在土山上。冬天，田竹笋在地下萌芽，小巧尖弯如羊角，当地人可不让它长出地面，在笋子尚未出露地面之时就挖出来，不然口感和脆嫩度都会大打折扣。深藏地下，大眠未觉，它于是有了一个诗意的名字“梦笋”。梦笋清甜爽脆无涩味，剥壳后即可炒食。将近新年，山里人习惯宰一头年猪，一块块腌好了挂在厨房的屋顶上，日复一日地炊烟熏制，等盐分渗入，油花沁出。煮的时候，整块肉以水烫开，洗去烟灰和多余的盐分，切薄片炒梦笋。五花熏肉肥饫处剔透，瘦肉樱红，像大理石的纹理，搭配莹白如玉的梦笋，秀色可餐，咸鲜可口。

江浙人喜欢油焖笋，笋切滚刀块，宽油煸炒，加生抽调味，老抽上色，兑入白糖和水，小火焖至收汁。也喜欢腌笃鲜，腌是咸肉，笃是小火慢炖，鲜是春笋和鲜肉，荤素搭配，是一道春天的菜。但广西人吃鲜笋，最看重竹笋的那股山野清气，所以大多只是净炒，只以油盐调味。若是笋炒肉，就先干锅将竹笋里的水分煸出，才能更好地吸取肉类的鲜味。若是笋干，便用来炖五花肉或者炒黄焖鸡。肉的肥甘与竹笋的清雅相遇，笋中混杂肉的世俗人生，肉里便有了山间的清风朗月。

笋质稍老，便搓盐入缸，腌制一个月左右，可得酸笋，如有老卤更好，味道更足，而且能迅速腌成。广西人喜欢吃粉，而酸笋可以和一切的粉搭配。广受欢迎的老友粉里若少了酸笋，会被斥作“不正宗”。把酸笋切丝加入蒜米、辣椒、豆豉，这个组合有如一柱擎天，炒河粉、炒肉末、炒干焙小河鱼、炒牛肉、炒红薯叶、炒螺蛳，搭配和分量稍加变换，便能炮制出不同风味。

玉林的卷筒粉，是将竹笋、大头菜、韭菜头、猪肉切细粒炒熟，伴以拍碎的油炸花生一起，用粉皮卷起、切段，吃的时候浇一勺用鸡爪、猪脚与螺蛳一起煨出的汤汁。每次回家乡，哥哥都会去买回来，一家人边吃边聊天，一顿饭可以从傍晚吃到深夜。离家再远，想起这共处的一幕，只觉是平常之下，真味其间。

【春分】

3月20日-21日

玄鸟至

雷乃发声

始电

春分之时，昼夜平分，四阳渐盛，雷声隆隆。燕子（玄鸟）南回筑巢，农民也开始了新的一轮农忙。大地上绿柳垂风，莺飞草长，鲜花盛开，万物生长。

MAGNOLIA

9 玉兰

玉兰

Magnolia Denudata Desr.

玉兰

木兰科玉兰亚属植物，落叶乔木，为著名的庭园观赏树种。花期 2–3 月，果期 8–9 月。花蕾入药与“辛夷”功效相同；花含芳香油，可提取配制香精或制浸膏；花被片食用或用以熏茶。

惊蛰节气第六日。柳树冒了一点芽，桃花不动声色，海棠还没动静，忍冬光秃秃的，合欢好像还没睡醒，银杏的芽苞倒是越来越鼓胀了。小院里的望春玉兰开了今年的第一朵花，只有一朵，其余的还含在苞里，绽出些微紫红。这棵玉兰是最早知春的，所以得名“望春玉兰”，也叫迎春树，花朵比白玉兰小。按理说，它的花期只比白玉兰和紫玉兰早半个月左右，可是离它十米开外的那一排白玉兰和紫玉兰，却对自己的花事慎重得很，毛茸茸的花蕾裹得细细紧紧的，毫无动静。

惊蛰节气第七日。一天前，望春玉兰还只是一朵朵微露花瓣的花苞，今天便已是满树繁花，令人惊艳。每个人走过，都忍不住停下来赞叹一番。

Magnolia Denudata Desr.

玉兰

白玉兰的花骨朵儿也饱满了一些，毛茸茸圆尖的花骨朵，因为形状像笔，古人叫它“木笔”，这个木笔头可以做中药，有个很雅气的称呼：辛夷。剥去辛夷毛茸茸的外衣，露出黑褐色的花芯，揉碎了有股香气，清新、质朴，自然而发，像无须粉饰的青春年华。

春分。早晨起来，探头看窗外，望春玉兰的花朵几乎落尽，绿叶已开始长出。望春玉兰的这一场花事，轰轰烈烈地持续了十天，极灿烂也极仓促，像兵荒马乱的青春。

整个北京城里的玉兰花陆续开放了，淡白的白玉兰，紫红的紫玉兰，还有双色的二乔玉兰。玉兰花花开九瓣，长相大方端严，走在花树下，阵阵幽香。据说做园艺的都把玉兰花的开放当作晴雨表，每年玉兰花一开，就不会再有冰冻，冬天时移养在屋内的花木这个时候就都可以挪到室外了。

孩子放学回来，说起校园里的玉兰开花了，很香，同学们下了课都围着看。他当天的日记上写着，“教室整天都弥漫氤氲着花香，望出去，满树的白花开得令人感动，使人为之一震”。真是幸福的读书郎。

春分节气第五日。一阵风过，玉兰花大片的花瓣便嗒然而落。玉兰是很容易落的，灿烂的时日甚短，捡起来闻，香气已经散淡了，剩下微薄的一抹，像似有若无的心事。还留在枝上的玉兰香气依然清新，玉兰的香气里的幽芳令人感到舒服，平常用来护肤的玉兰油的香型就是从玉兰的花骨朵儿里提取的。

甑是古代的一种蒸食用具，下半部盛水，中间是镂空有孔的箅，箅之上放置食材，类似于我们今天有孔的蒸锅，古人用来做蒸花露用的器具。他们用梅花、桂花、玉兰这样带有香气的花瓣或香草、香叶蒸成的香露放入茶、酒之中，或者做糕饼，都别有风味。顾仲在《养小录》里还说，把玉兰花瓣用面糊拖过，油炸后蘸糖吃。

《红楼梦》里宝钗服用的冷香丸，我觉得是古人做香的极致。白牡丹花、白荷花、白芙蓉花、白梅花花蕊各十二两研末，再配上同年雨水节令的雨水、白露节令的露、霜降节令的霜、小雪节令的雪各十二钱加蜂蜜、白糖来做成。这就不光只是讲究材料，还得有节令和风霜雨雪来配合。

古人采雪烹茶，采花朵熏衣服，就连脂粉也是自己调。贾宝玉要去上学，临走前去和林黛玉道别，还惦记着：“好妹妹，等我下了学再吃饭，胭脂膏子也等我来再制。”那胭脂便是用红蓝花、方苏木、蜀葵、重绛、石榴等一应植物制成，这些花草都不在同一个季节开放，做上一丸不知要等上多长时间。

古人对待自然的态度，在我们如今看来，是把日子当成诗来过，但在他们，就只是日常。如今，我们总是要等到满树繁花时才惊见于它们的美丽，而古人知道每个季节里一草一木容颜的开落。

KAPOK

10 木棉 木棉

Bombax malabaricum DC.

木棉

别名：英雄树、攀枝花。锦葵目木棉科植物，热带及亚热带地区生长的落叶大乔木，高 10–25 米。
树干基部密生瘤刺；分枝平展，掌状复叶；
花单生枝顶叶腋，通常红色，有时橙红色。花期 3–4 月，果夏季成熟。

木棉在南方人的情感里，不只是一朵开在春风中的花，用它那红艳热烈的色彩扫荡一冬的清冷。木棉还是一种精神，挺拔、刚毅、向上，所以它也叫英雄树、攀枝花。

每次看到木棉树，我会想起小时候，每天早上去幼儿园的路上经过部队的独立营，高大的木棉树前，解放军战士站得笔直，目光坚毅，眼睛里有一股坚不可摧的光芒。虽然那时我年纪还非常小，但对于这场景也知道油然而生崇敬之情，并成为生命中难以磨灭的记忆。

南湖公园大门的那棵木棉树是我所见过的最美丽的，每一年的春天都引

Bombax malabaricum DC.

木棉

来无数的人对它驻足惊叹。从家里到孩子的幼儿园，来回的路要穿公园而过。公园里长着各种不同的树，但木棉是他最喜欢的树，每次经过都在树下流连半天。木棉的树干上长满圆锥形的瘤刺，这些瘤刺是木棉为了自己不受动物侵害的一种防护。儿子总想用小手把它抠出来，每次都很认真而费劲，却也从不向人求助。离开的时候，捡一朵落下的木棉，没有木棉的时候便捡上一片落叶。第二天又重复同样的动作。这像是他和木棉树之间的一种游戏。树若有知，是否每天也在等待着这个孩子的到来？忽然有一天，儿子没有像往常那样，远远就跑向那棵木棉树，他淡定地向前走着，目不斜视地走过了他的“伙伴”，没有犹豫，没有回头。我突然有种感觉，原来孩子是长大了，有了更多的兴趣和一个更广阔的世界。

木棉先开花后长叶，木棉的叶子并不是在一天里一下子长出来的，这根枝条上的花落了，小小嫩嫩的叶子便开始长出来，而另外的枝条上，也许还是红花灿烂，一片叶子也没有。要到初夏，木棉的花期过去，木棉掌状的叶子才会变得翠绿而浓密。秋天到了，木棉是南方少有的叶子会发黄的树，当冬天刮起第一场朔风，木棉的叶子便落光了，枝干显得越发高直。再忽然有一天，你还瑟缩在厚厚的衣服里，却又惊喜地发现，不知从何时开始，木棉光秃秃的枝干上，一朵朵朱砂红的肥厚端正的花已经笑在了春风里。

广西的许多地方都生长着木棉树，尤其是崇左、百色一带的干热河谷，到了春天，总能看到满树繁花的木棉点缀在荒芜的沟谷两边，哪怕只有一株开花的木棉，整条沟谷就能一下子鲜活起来。站在这样笔直、高大、火红的树下，你会感觉自己也被这满树的繁花给提升了。

木棉花落之后会结出圆形蒴果，这个蒴果结出的棉絮可以用来做衣服。木棉絮织出的布料有个新颖好听的名字叫“桐锦”。和木棉有关联的最有名的一件衣服应该要算是“木棉袈裟”吧。是因为以木棉絮为衣料呢，还是袈裟的颜色火红似木棉？我没穿过木棉做的衣裳，却枕过木棉絮做的枕头，轻而软。木棉的种子包在蒴果的棉絮里，若是除得不够干净，枕头垫久了，就能摸到圆圆滑滑的小粒种子。小时候还枕过一种专门用植物种子做成的枕头，决明子枕，因为母亲相信枕了它能明目。

木棉絮随着温润的春风飘飞的场景，我见过一次，永生难忘。那是初夏的傍晚时分，我和儿子走在回家的路上，孩子突然指着天空尖声叫道：“妈妈，你看——”我抬起头，银白色的木棉絮飘满了南湖公园的整个上空，悠悠荡荡，飘飘飞飞，落在我们的头上、肩上，更多的，缓缓落在湖面上，整个湖面白茫茫一片。

BAUHINIA

11 羊蹄甲

羊蹄甲

Bauhinia purpurea L.

羊蹄甲

豆科羊蹄甲属植物。叶常 2 裂，花瓣 5 片，稍不相等，通常具瓣柄；
荚果线形或长圆形，扁平，有种子数颗。花期 9–11 月，果期 2–3 月。
原产于印度北部、越南和中国东南部。亚热带地区广泛用于庭园供观赏及作行道树。

羊蹄甲花开起来疯，满树红粉飞花，惊人的美。连成片的时候，不输于樱花。

羊蹄甲因为叶子形状像羊蹄而得名。主要是三个品种，颜色最艳，开深紫红色花的是香港的区花洋紫荆；颜色最浅开粉色花的是红花羊蹄甲。宫粉羊蹄甲的颜色介于两者之间。

红花羊蹄甲和宫粉羊蹄甲都结豆荚，小时候对豆荚的兴趣大于那满树淡粉色的花。摘两根长长的豆荚握在一起，手一振，像鞭子一样啪啪响。豆荚里的豆子扁扁圆圆的，像纽扣大小，趁着还没有干透的时候剥出来，

Bauhinia purpurea L.

羊蹄甲

用带线的针一粒粒穿起来，环在一起打个结，可以玩“抓子”。坏了也不可惜，重新找来豆子再做一串。

后来城市绿植多用洋紫荆。洋紫荆花期长，几乎全年都盛开，这是其他两种羊蹄甲所不能比的。但洋紫荆也有缺陷，它是野生羊蹄甲和宫粉羊蹄甲的杂交品种，不结豆荚，即使偶尔有种子，也不能萌发，所以在洋紫荆的树上是看不到红花羊蹄甲和宫粉羊蹄甲那种豆荚累累的景象的。

羊蹄甲开花的时候美，落花的时候也美，还带着一股像糯米甜酒一样的微醺的香气。南宁的秋天有那么一段时间，空气干爽，叶子摇起来的声音沙沙响。七星路上，人面果树的黄叶被风卷着来来回回地跑，教育路则是遍地落满羊蹄甲，像铺了一条散发香气的花毯。如果抄近路从南湖走到星湖路，在湖边小径上推车走上一程，车篮里便落了薄薄的一层轻粉重紫的花瓣。

开白花的羊蹄甲比较少见，青秀山苏铁园对面的斜坡道上有一棵白花羊蹄甲，全盛的时候也是惊天动地的。

Pinus massoniana Lamb.

马尾松

PINE FLOWER

12 松花 马尾松

Pinus massoniana Lamb.

马尾松

松科松属乔木。树干较直，外皮深红褐色微灰。马尾松的花骨朵儿称为松花，又叫松黄、松笔头，花期 4–5 月，球果第二年 10–12 月成熟。开花期间采集的花粉叫松花粉。

四月，松花开了。松花又叫松笔头，是春天松树抽蕤时长出的花骨朵儿。松笔头是浅浅的黄绿色，古人把这样的颜色叫“松花色”。

松树是像君子一般稳重的树，不蔓不倚，气定神闲扎根在大地，甚至是贫瘠的山崖上。

我国古代的文人喜欢从大自然中寻找精神意象。“大雪压青松，青松挺且直”，松树凌冬不凋，不畏严寒，成了坚强、坚忍的象征。看中国的国画，总是把松画得老气横秋，一脸严肃。树皮嶙峋，老！松叶如针，硬！即便是设色画，那绿色也调得黑沉如墨，一副不苟言笑的样子。

法国的塞尚也画过不少松。1890–1895 年间他创作了好几幅《大松树》以及《大松树和红土地》，这其中有油画，也有素描淡彩。那些扎根在艾克斯的红土里的松树，也是一副坚忍的形象。塞尚给左拉写信："你记得亚尔克河堤防上，伸展树枝，扎根到深渊的那棵松树吗？绿色松叶让身体免于太阳燠热的松树，啊！请众神保护它，免遭樵夫斧头的悲惨砍伐。"

宋代马麟的《静听松风图》里的松树，是少有的让我读出"温柔"感的松树，我想多半是因为松下的那位高士，从他的神态上能觉出柔软的风在画中流动，有"泠泠七丝上，静听松风寒"的清越，拂过水边的几棵松树，攀缠在树上的菟丝子在柔风里悠悠荡荡。而大部分的松树图，我感觉到的是风吹过松林时铺排而出的阵阵松涛。

小时候每年的春游和秋游都是在郊外的山里度过的。铁打不动的几项活动，爬山、找宝藏、野炊。几百个正处在猫狗都嫌的年纪中的孩子，那种吵闹劲你一定是见识过的，满山的花也变得喧闹起来，竹子剑拔弩张，草丛蓬头垢面，只有松树始终是淡定而安静的，根本不为我们所扰，像慈爱的老人看着孩子们嬉戏。

也许我们都误读了松树，看它老气横秋的样子，其实却充满了童真，你看它结出一个个好看的松果，把好吃的籽实藏在一个个"小格子"里，却不促狭，每一个"小格子"都微张小口，安静地等待着小动物和孩子们。松鼠好吃又贪玩，在松树的身上蹿上爬下，和它做一时的玩伴。怎么这样一想，反倒觉出松树的寂寞？

3 在寂静的森林里，松树是默默的，静默到你感觉不到它的生长。春来没有鲜艳的花，结出的松果也没有让人惊艳的颜色，秋天时不会任性地抖落满树叶子，冬天里更沉默了，暗扑扑，不动声色地立着，像一个在聚会上恨不得有件隐身衣的人。如果你想了解这不动声色的生长，你得认真地去看，用眼睛，更要用耐心。

每年的惊蛰时分，松树像蜡烛一样的花序慢慢长长了。头一年小雪节气前后萌发的雄球花就生长在“蜡烛”的基部，雌球花生长在“蜡烛”的顶端。雄球花布满了粉黄色的松花粉，松花粉轻而细，风过猛的时候，松花粉会被摇散，扬起的花粉落在雌球花上，被油性的传粉滴粘住留下来，要经过 13 个月的漫长等待，才能完成整个受精过程，结出松塔，形成松子。其后不久，“蜡烛”上像小刺一样的突起物越来越长，最后长成新的针叶，老的针叶不动声色地脱落，在树下形成厚厚的松毛毯。松树便是这样新老交替着慢慢长大的。

一到松树花开的季节，常常能看到有老人拿着保鲜袋套在一枝枝“蜡烛”上摇，这是在收集松花粉。有一段时间松花粉被传得神乎其神，给人的感觉像是包医百病的万世验方，价格被炒得很高。其实，植物的花粉类似于种子，像鸡蛋一样都是生殖细胞，营养丰富，至于能否治病，还得科学数据来说话。

松花粉在古代被当作贡品进献给皇家，民间也喜欢到了季节便收集松花粉，用松花粉酿酒或者做点心。最雅的要数元代的张可久，“数间茅舍，藏书万卷，投老村家。山中何事？松花酿酒，春水煎茶”。最可爱的是秋岩陈评事家里的两位童子，“歌渊明《归去来兮辞》，以松黄饼供酒”。林洪去探望陈评事，这两个孩子唱着陶渊明的《归去来兮辞》，拿出用松花粉做的松黄饼给客人下酒。最有趣又最无奈的是项圣谟，“童子不解采，多作黄尘飘，渐看衣色改，因以诀授之，童子非不解，嬉戏作飞烟……”，只要想想这一幅顽劣童子和气急败坏的先生斗气的画面，就忍不住想笑。

我于是放下手里提着的电脑包来学一学古人。没有塑料袋，只有一方手帕。用手帕轻轻拢住一枝松花，轻轻一抖，松花粉便落在手帕上，一层淡黄，但是摇了半天，白色手帕上的淡黄也还是浅浅一层。松花酿是肯定做不成的，也做不了松花饼，就只是在这个晴朗的春日里，图个好玩吧。

九百多年前的春日，“文吃货”苏东坡也在兴致勃勃摇松花粉，然后写了一首《松粉歌》，“一斤松花不可少，八两蒲黄切莫炒，槐花杏花各五钱，两斤白蜜一起捣，吃也好，浴也好，红白容颜直到老”。

可是，如果你采过松花粉，就会知道，苏学士的口气有多大，一斤松花粉，那得摇过多少棵松树啊！

【清明】

4 月 4 日 -6 日

桐始华

田鼠化为鴽

虹始见

大地回春，桐花始开，天朗气清，人们趁着大好春光踏青扫墓。阴气潜藏，阳气渐盛，田鼠因气温渐热而躲回洞穴，鹌鹑（鴽）喜阳，便开始频繁活动。阳光透过薄云照射大地，雨水频仍，彩虹出现在天边。

Vernicia fordii (Hemsl.)

油桐

TONG

13 桐

油桐 泡桐 梧桐 悬铃木 珙桐 刺桐

Vernicia fordii (Hemsl.)

油桐

别名：桐油树、光桐，大戟科油桐属植物，落叶乔木。花雌雄同株，花萼外面密被棕褐色微柔毛；花瓣白色，有淡红色脉纹；核果近球状。花期3–4月，果期8–9月。与油茶、核桃、乌桕并称中国四大木本油料植物。

每年农历三月，油桐应着信风而开，繁花满枝，是最能标志着清明到来的植物。广西的春天来得早，油桐树常常在惊蛰前就会开花，花型不大，精致工巧，大自然却在花心里倒入深浓的朱砂红，又用纤巧的笔，带着少许的鹅黄慢慢向外渗透，最后融化在无比干净的白色里。油桐树开起花来漫山遍野，落在地上一片雪白，蔚为壮观。

小时候对油桐树有着一种莫名的害怕，走在树下，常常冷不丁被它落下的油桐果狠狠敲上一记。大人们不断地叮嘱：“不要捡落在地上的油桐果吃，不然就不长个儿了。”幼儿园时的同桌曾经捡过一只掉落在操场滑梯边的油桐果吃，后来许久都不长个儿，个子比别人矮一大截，想起大人的告诫，心里直懊恼，却只能憋在心里不敢说。直到高中时一下子蹿个儿了，才大大地松了一口气。

还有位朋友，每次吃饭，都爱讲上一段幼时家中“茅屋为秋风所破”的故事。朋友小时候生活在一个荒瘠的山村里，土贫山瘦，他的父亲在荒芜的山间盖茅屋一间，周围植上大片的油桐树。油桐树易长，桐叶阔大，既能收获油桐果卖钱，又能挡风护房。一个夏夜，父亲正陪着当时还很小的他在床上歇着，一阵狂风刮过，房顶消失了，小小的他抬头看到满天繁星。

油桐树长得快，几年的光景叶子便密密匝匝。春天落一地白花，夏天结一树油桐果，秋天黄叶落地，走在上面沙沙作响。他跟着母亲把树上的油桐果摇落，捡了拿到集市上卖了换取学费和衣物。

农历七月十四，按当地习俗要做狗舌粑。狗舌粑是一种糍粑，因为形状细长像小狗的舌头，乡下人便给它起了个形象的名字。油桐叶宽大，最适合用来包糍粑。那段时间，附近的孩子便不请自来，平日里他需要施些小恩小惠才和他玩的大孩子，到了这个时候也会“主动”巴结他，以便能多要些油桐叶子回家向父母交差。这是他一年中最威风的日子，此外，就是试卷发下来的那一刻了。

靠近油桐叶柄的地方有两个突出的大腺点，包糍粑的时候用力狠狠地摁一摁，糍粑上就会印上两个可爱的窝儿。蒸熟了，急急剥开叶子，一股清香带一股芝麻香。少年汪曾祺用这两个大腺点来磨砚台上的残墨，大概用这样的墨写出的字也会带着油桐叶子的清香吧。

Paulownia Sieb. et Zucc.

泡桐

玄参科泡桐属落叶乔木，热带为常绿，具有很强的速生性。叶对生，大而有长柄，花3–5朵（最少1朵，最多8朵），成小聚伞花序，花冠大，紫色或白色，春季开花。

北京的新街口一带开了不少乐器店，有天经过，从橱窗看到一个女子在弹古筝曲《在水一方》“蒹葭苍苍，白露为霜”，看她低眉敛容、轻拢慢捻的样子，真有一番“所谓伊人，在水一方”的韵致，实在动人，我便走了进去。

女子停止了弹奏，上来招呼我。想起蔡邕的“焦尾琴”，我问：“这是梧桐做的吗？”她回说：“不是，是泡桐。”伸手指了指屋外，屋外的路边长着一棵泡桐，已经是尾夏，泡桐开始结籽。“不过，这是兰考泡桐，和其他泡桐相比，透气、透音性更好。”哦，兰考泡桐，是当年焦裕禄带领着兰考人种下的那种树吧？因为泡桐生长迅速，容易成活，能防风固沙，想不到，还可以用来做乐器。

北京也生长着许多泡桐，谷雨时节，泡桐花开得像疯了一样。巷里、路边、校园中、小区里，繁盛的粉白、淡紫色喇叭状花朵在枝头累累叠叠，树下落英满地。

Paulownia Sieb. et Zucc.

泡桐

南方也有泡桐。南宁的青秀山山坡上便长着好几棵，有一棵在离学生军纪念亭不远的路边，花开的时候，风吹过落满山道。有一年泡桐花开的季节，我和他从这条山路经过，春风之下，花朵簌簌飘下，掉在肩上，又滚落在地。捡起来闻一闻，浅浅的香，如同花瓣那浅浅的紫。那段日子刚看完云菁的《花树下的人》，便记起来书里的一首诗，“记得当时年纪小，你爱谈天我爱笑。并肩坐在桃树下，风在林梢鸟在叫，不知怎样睡着了，梦里花落知多少”。

嗯，那一段风恬云淡的年轻岁月。

Firmiana platanifolia (L. f.) Marsili

梧桐

锦葵目梧桐属，落叶乔木。嫩枝和叶柄多少有黄褐色短柔毛，枝内白色中髓有淡黄色薄片横隔。

梧桐又叫青桐、庭梧，是最早在我国的诗文中有记载的树种之一。在见到梧桐树之前，它带给我的感觉，远远超出了它的植物属性。品性高洁、伉俪情深、悲秋伤怀、愁绪离情，我对它的印象所得全来自于汉赋唐诗宋词。

梧桐在古代是做琴的材料，清初陈淏子在《花镜》中记载："凡生岩石上，或寺旁，时闻钟磬声者，采东南大枝为琴瑟，音极清丽。"传说中最有名的有四张琴：齐桓公的"号钟"、楚庄公的"绕梁"、司马相如的"绿绮"和蔡邕的"焦尾"。据说"绿绮"最美，通体发黑，隐隐泛绿，如青藤缠于古树之上。当年司马相如以一曲《凤求凰》打动卓文君的心，不知是不是就弹奏着"绿绮"而歌？这样美丽的开始，可惜没有一个圆满的结局，"皑如山上雪，皎若云间月，闻君有两意，故来相决绝"。后来，司马相如见异思迁，卓文君的痛苦若以琴声诉，不知是何等的凄忧。

我不大通音律，但总觉古琴音色幽怨，似人发悲声，心情好的时候，能被琴声安抚得心静如水，若有心事，却难免更陷于愁情，无力自拔了。

以木之质材而勾发人的心绪，这是音乐的力量？抑或梧桐的内质？

如今，梧桐成了很多城市常见的行道树和园林用树，大家都夸梧桐的叶，赞它“叶缺如花，妍雅华静”；梧桐的花也很美，淡黄绿色的花挂在树上，像悬挂着很多的千纸鹤。不管别人赋予梧桐怎样的意向，梧桐自有一种落落大方的气度。

Platanus acerifolia

悬铃木

蔷薇目悬铃木科植物，落叶乔木，单叶互生，叶大，叶片三角状；头状花序球形，萼片 4 片；花瓣 4 片；花期 5 月，果期 9–10 月。原产欧洲，我国引入的是一球悬铃木（美国梧桐）、二球悬铃木（英国梧桐）和三球悬铃木（法国梧桐）。

法国梧桐常被人误作梧桐，其实它是悬铃木科悬铃木属植物。

北京的泡桐树开花时，满街的悬铃木才长出小小的绿叶，等到泡桐凋落，悬铃木的绿叶从婴儿小嫩掌般大小长成像成年男子的手掌一样大，叶色也从浅绿变得深浓。

悬铃木分为好几种：一球悬铃木（美国梧桐）、二球悬铃木（英国梧桐）

Platanus acerifolia
悬铃木

和三球悬铃木（法国梧桐），我一直弄不清，满树的球果，到底如何分一球二球三球?

春末的一个午后，我站在亭亭如盖的悬铃木树下等人，抬头看到悬铃木已经结果，果子还小，和小樱桃差不多大，一根细圆茎长长地垂下来，茎上串着两只果。我绕着树看，发现一整棵树上全是一根绿茎吊挂着两只果，不多也不少。原来，一球二球三球是以果枝上垂挂的头状果序的数目来决定的。

一串一果的美国梧桐和一串三果的法国梧桐杂交后便产生了一串二果的英国梧桐。现在国内大多地方栽种的都是这种一串二果的英国梧桐，可是它总是被误叫成法国梧桐，那是因为人们最早是在法租界里看到这个树种，以讹传讹就把它叫成法国梧桐了。

自然像个调皮的孩子，总在此处彼处悄悄埋下一些小秘密，这是一场没有期限的游戏。然而，只要你参与，就能用自己的眼睛去发现大自然的秘密，从中获得无尽的乐趣。

Davidia involucrata Baill.

珙桐

Davidia involucrata Baill.

珙桐

别名：鸽子树，蓝果树科珙桐属植物，落叶乔木。花期 4 月，果期 10 月。
为 1000 万年前新生代第三纪留下的孑遗植物，在第四纪冰川时期，大部分地区的珙桐相继灭绝，仅在中国南方的一些地区幸存下来。

北回归线上的大明山，绿植繁盛，山涧幽静，空气清新。山上有树名珙桐，花开如白鸽展翅，所以又叫鸽子树。虽然名字也是“桐”字辈，但珙桐是蓝果树科珙桐属的成员，它的特殊之处在于，它是新生代第三纪（新生代最古代的一个纪，距今 6500 万年 –180 万年）的孑遗植物。第四纪冰川时期，大部分地区的珙桐相继灭绝，只在我国南方的极少数地方有一些幸存下来。

在大明山上见到这古老的植物时是清明时节，花朵正满树开放，盛大、惊人！满树的花翩翩如群鸟，却衬得空谷更加幽静。因为知道它的古老，抚摸着它的树身，便仿佛触摸着远古洪荒。与这棵树的遇见，实在只能用“幸运”二字表达。

Erythrina variegata Linn.

刺桐

Erythrina variegata Linn.

刺桐

别名：木本象牙红。豆科刺桐属植物，落叶乔木。树皮灰褐色，枝有明显叶痕及短圆锥形的黑色直刺。羽状复叶具 3 小叶，常密集枝端；托叶披针形，早落；小叶膜质，宽卵形或菱状卵形；花萼佛焰苞状，荚果呈念珠状，种子红色。花期 3 月，果期 8 月。适宜温暖气候，喜阳光，不耐寒。

有一年春节和父亲母亲到城郊的佛子岭玩，远远看见山脚下有一棵树开满了艳红的花，红得真叫一个纯正，在这个寒冷的冬日里，这一树红花，鲜艳而生动。离得有点距离，因为眼睛不好而看不真切，我疑惑：难道这个时候凤凰木就开花了？可是离凤凰木正常开花的季节还有好几个月呢。

父亲听见我嘟囔，便说："那不是凤凰木，那叫鸡冠树。"父亲说他小时候就见过这种树，我十分肯定，那一刻，我看到父亲眼中闪动出一种儿童才会有的天真而俏皮的光。他是在那一瞬间，看到了童年时的自己在鸡冠树下的样子吗？我半信半疑地走近了看，那尖翘如指天椒的花形，可不正像一只骄傲的公鸡头上翘昂昂的鸡冠？

回来后不久，在青秀山的大草坪上，看到了成排新植的"鸡冠树"，树身的名牌上写着：鸡冠刺桐，豆科刺桐属，原产巴西，又叫巴西刺桐，象牙红。此后便时常见到鸡冠刺桐，因为颜色鲜艳，花期长，既耐高温，又能耐寒，已经成了新的广受欢迎的园林树种。每次看到这火红俏挺的花，我总会想起已离我远去的父亲，想起那个清冷的大年上午，父亲说起小时候看见“鸡冠树”开花时的眼神。

有人问我，不就是树吗？用不用费心思分得这么清楚呀？嗯，饭饭有一篇文章，写了一座亚热带小城，城里的人喜欢以起名字的方式来记住一些特殊的日子。很多年前小城下过一场大雪，城里便多了许多叫“雪生”的人。人们认为所有叫“雪生”的人都有着同样的个性和人生，因为他们“已经习惯了在他人身上照见自己的情绪和生活，他们忽略人和人之间细微的不同”。

只有一个女孩，她收集所有的雪生，并对他们细加分辨，“上学时，她曾和五个雪生同桌，她记得每一个雪生的笔迹……其中一个雪生的梦想是当警察，另一个雪生希望像班里的另一个雪生一样考第一名。她爱上的一个雪生搬到另一座城市，她的初吻和初夜给了不同的两个雪生……”她是如此的细心，以至于“传说中那场奇迹般的大雪仿佛轻轻落在了她的身上”。

你瞧，即使拥有相似的名字，可是因为留心，你就会发现一百万种不同。雪生如此，万物亦然。否则，一根草，一朵花，一棵树，一个人，都不过是一项孤立的存在，而你得到的，也许只是一个路过的人生。

DYED GRASS

14 染草

枫香 红丝线 密蒙花 栀子

Liquidambar formosana Hance

枫香

金缕梅科枫香树属植物。落叶乔木，叶薄革质，阔卵形，掌状 3 裂；雄性短穗状花序常多个排成总状。产于我国秦岭及淮河以南各省，性喜阳光，耐火烧，萌生力极强。

Lycianthes biflora (Loureiro) Bitter.

红丝线

茄科、红丝线属灌木或亚灌木。小枝、叶下面、叶柄、花梗及萼的外面密被淡黄色的单毛。花冠淡紫色或白色。

Buddleja officinalis Maxim.

密蒙花

别名：黄饭花、染饭花，马钱科醉鱼草属植物。叶对生，叶片纸质，狭椭圆形、长卵形、卵状披针形或长圆状披针形。花多而密集，组成顶生聚伞圆锥花序，花冠紫堇色，后变白色或淡黄白色。花期 3–4 月，果期 5–8 月。

Liquidambar formosana Hance

枫香

3

Gardenia jasminoides Ellis

栀子

别名：山栀、黄栀子，茜草科植物，灌木。花芳香，通常单朵生于枝顶，花冠白色或乳黄色。花期 3–7 月，果期 5 月至翌年 2 月。可提取栀子黄色素，颜色鲜艳，着色力强。

如何丈量时间的脚步？一朵花开，一片叶落，从泥土里萌发的嫩芽，落日橘红色的余晖，第一次爱的亲吻，第一根白发，第一道皱纹……又或者，一道和自然一起完成的食物。

每年农历三月三时节的野外，春容满眼，草花如绣，大地在暗绿之上添了新绿，树梢绽出点点嫩红，酢浆草开得更茂密，红花蓼纤细的茎秆变得挺拔。但壮族人对这些周而复始的小变化见惯不怪，他们更在意其中一些植物的生长，因为这些植物会协助他们完成为敬天敬神敬祖宗而准备的五色糯米饭。

这道有着白、黑、黄、紫、红等几种颜色的糯米饭是用大自然的花、草、树叶和果实做成的植物染剂将原本是白色的糯米染成不同的颜色。“草木染”是人们对大自然的赠予善加利用。早在东周时期在民间已经很普遍，《诗经》中“终朝采绿，不盈一匊”“终朝采蓝，不盈一襜”中的“绿”和“蓝”便是两种染草，可染黛色和青色。“缟衣茹藘，聊可与娱”中的茹藘则是茜草，可染红色。“草木染”中饱含的是古代先人的

Buddleja officinalis **Maxim.**

密蒙花

经验与智慧，绵延传承，直到今天。

每一位壮族的家庭妇女都会做五色糯米饭，但做出来的颜色如何，则要看各自的心思和手艺。每到三月三，家家户户都做好了五色饭，空气中布满了带着山野气息的糯米饭的馨香。孩子们拿着妈妈做好的糯米饭，走在村子里，边走边吃，暗地里比着谁手里的糯米颜色更漂亮。如果自己手里的糯米团红得扎眼，黑得发亮，吃起来便带了示威般的扬扬自得。要是自己手上的糯米团颜色暗淡，就难免有点垂头丧气。

做五色糯米饭首先要准备染草。染草有枫香树叶、红蓝草以及密蒙花、姜黄等好几种。通过捣、煮、泡等方式取汁后浸泡糯米数小时甚至经日，然后上锅蒸熟。说起来非常简单，但是这个看似简单的过程包含了自然界的神奇和人类的智慧。

五色糯米饭中的白色是糯米的本色，无须浸染。

黑色糯米饭气味最芳香，制作也最为复杂。用来做黑色糯米饭的叶子采自枫香树，壮族人把它叫“枫叶”，它和北方的枫并不是同一种植物。北方的枫是槭树科槭树属植物，而枫香则是金缕梅科枫香树属植物。枫香的选取最挑时节，只有清明前后长出的叶子才能用作黑色饭的染草。叶子不能太嫩，也不可以太老，最好是选那些绿中带红的叶子。将枫香叶子和嫩茎一起捣碎，然后放在锅中泡煮，泡煮的温度是成败的关键。看到锅底冒起虾眼泡儿马上撤火，用手不断揉搓，水温凉了之后再次加热，反复多次后，用取得的乌汁泡米。

Gardenia jasminoides Ellis

栀子

7 即使是从小就吃五色糯米饭的人，也大多以为红饭和紫饭出自同一种草，“红蓝草”。我很好奇为什么同一种草能做出两种不同颜色的糯米饭，是添加了其他的辅助东西呢，还是在这个过程中到底有什么奥妙？我问了好多人，都给不出一个能说服我的理由，大多含糊其词，“大概是煮的时候水温不一样吧”，又或者说，“可能是嫩叶子和老叶子做出来的效果不一样”，总之是各种不确定的说法，令“红蓝草”更加扑朔迷离。

其实，只要把做红饭和紫饭的两种草放在一起，就能发现端倪。虽然乍眼一看它们简直就是一对单卵双胞胎，这不奇怪，因为它们本来就是同一家族“茄科红丝线属”的姐妹俩。最简单的分辨方法其实是：红丝线叶片背面密布细毛的，煮出的汁水浸泡出来的米蒸熟后呈鲜红色；另一种叶背面没有细毛的，煮出的汁液泡出来的米可以蒸成紫饭。如果不留意，它们真的很像，所以，“红蓝草”这个名字大概便让人们误以为是同一棵草既能染红色也能染蓝色吧。

黄色饭一年四季都可以做，染草也有好几种。可以用栀子花的果实。捣碎栀子的果实后用水浸泡，就能得到黄色的水。栀子在汉代以前是很重要的黄色染剂，用来染布料，但是太阳晒过后它容易掉色，宋代以后就改用槐花做黄色染料了。染黄色饭也可以用黄姜。黄姜块茎像姜，黄姜的颜色很正，沾在手上几天都不掉色。还可以用密蒙花。密蒙花长在树上，立春前开花，一树的花团团簇簇密密麻麻，远远就闻得到甜香。壮族人把密蒙花剪下来晒干，可以保存很久。密蒙花在壮语里的发音很动听，“Hua Mai（阴平）”，壮话的表述习惯将定语后置，“Hua Mai”的意思就是一种叫作“Mai”的花。

五色糯米饭是一道从远古流传下来的壮族人为敬天、敬神、敬祖宗而采撷自然植物并亲手制作的食物，在对制作刨根问底的过程中，我看见神奇，收获感动。那些用于染色的植物就栽种在他们的房前屋后，或者生长在平日里捡拾柴火的山上。这种就地取材的简单出自一份纯粹的初心，但制作工序繁多，耗时长，又有了端重的仪式感。最后成就的五色糯米饭，色彩浓烈却气质谦和，掺杂着糯稻的微甜和草本的清新，吃在嘴里便是一种山野的馥馨，诗意在最细微平凡处一点点生发。

造物主将美丽的色素藏于植物体内，有的大张旗鼓地显现在花和果实中，但更多的颜色隐藏在绿叶之下，需要经过一定的工序才能使它们露出美丽的本原。这不光要了解哪些植物可用来染色，还必须掌握一年四季中植物的生长期，适时采集。

农人并不懂得艺术理论，也背不出化学反应方程式，可是他们从浩茫的植物中找寻到这些能染出美丽颜色的绿色生命，发现了取枫香汁的最佳水温，知道在枫香汁里放一把铁质菜刀可以令汁液颜色更加深浓，加一小勺盐让颜色更持久，从两种只有细微差别的小草中发现它们的差异……敬畏、耐心、勤劳加上朴素的审美，春天的韶华就这样以味觉的形式保留了下来。

所以，令我感动的便是这些朴素的人对大自然的那份慢慢发现、细细解读的心思。无论人与事，只有热爱和敬重，你才会愿意投入大量的时间和感情。

【谷雨】

4月19日-21日

萍始生

鸣鸠拂其羽

戴胜降于桑

谷雨时节雨多浮萍生，布谷鸟（鸠）催促着人们忙播种。当布谷声声满山回荡之后，戴胜鸟也开始飞临桑树枝头，艳丽的羽毛吸引着人们眼球的同时，也在提醒着人们：一年采桑养蚕的时节又到了。

Eriobotrya japonica (Thunb.) Lindl.

枇杷

LOQUAT

15 枇杷

枇杷

Eriobotrya japonica (Thunb.) Lindl.

枇杷

别名：芦橘，蔷薇科枇杷属植物。原产中国东南部，因叶子形状似琵琶乐器而名。花为白色或淡黄色，花瓣 5 片；果实球形或长圆形。花期 10–12 月，果期 5–6 月。

春天里，繁花似锦，弄得天天都像过节时赏花展。可是光饱眼福实在不过瘾，如果口腹之欲也能得到满足就更好了。可是如今，时节刚踏进谷雨，天气刚刚开始温和，雨落百谷生，田里作物才绿了个头，山上荔枝刚结小果，芒果花还未落尽，西瓜刚开始点种……幸好，幸好天地间有枇杷。

枇杷生长在南方，秋天孕蕾，冬天开花，春天结果，初夏成熟，是独得四时之气的植物。

我刚上大学时住在一栋三层的苏联式建筑里，楼道阴森，大白天也需开灯照明，否则两人在过道迎面而过也认不出对方是谁。我们新生住在底层，房间里更是昏暗，窗外倒是花木扶疏，有阳光的日子，阳光在树叶间移动的光斑，像精灵在跳舞。

离窗边最近的是一排枇杷树。入校后不久是中秋，中秋过完不久，枇杷树便开花了，密密麻麻的乳白色小花散发一股郁郁的浓香，蜂蝇盘桓于上。寒假回家过了个春节，再开学的时候，窗外的枇杷花已落尽，白色小花结作一颗颗小圆果。学期将半，春夏交接，枇杷便开始成熟了，圆圆黄黄的果子披着一层茸茸细毛。

琳早就等不及了，找了根挂蚊帐的竹竿便站在树下仰着头奋力敲打，枇杷结在不易采摘的高处，要打下来可不容易，琳打下来好几串，可惜这棵树的品种不太好，枇杷酸得牙都要倒了。难怪路过的师姐们都带着一脸坏笑，大概她们还是新生的时候也干过同样的事情。

那段时间，宿舍里还没有人谈恋爱，没有课的日子便各自歪在床上翻书、聊天、吃零食。零食有时是涪陵榨菜，有时是方便面干吃，那些酸得要死的枇杷被我们好好地炮制了一番，加点儿盐、加点儿糖、加点儿红辣椒，又酸又辣，翻两页书又拈起一只尝尝过把瘾，看书看到精彩处便呼众人来听，那些日子，简单又美好。

《长物志》里说枇杷株、叶皆可爱。据说枇杷的得名便是因为它椭圆形的叶子形似古代的乐器琵琶。枇杷叶的颜色老，是带墨色的暗绿，背面披着密密的白毛。但这其貌不扬的叶子却是好东西，能清肺去胃热、止咳化痰。上火咳嗽时，摘几片枇杷叶煮水当茶饮，喝上几次便不药自愈。枇杷叶子越老，功效越好，中医把它做成川贝枇杷露或枇杷膏，相比之下，枇杷果的功力就弱得多了。

枇杷又叫卢橘（庐橘）。东坡先生曾有诗“罗浮山下四时春，卢橘杨梅次第新”。国画里的枇杷须是设色画才好看，水墨枇杷无法表现出枇杷果实“色黄如金”的可爱。吴昌硕的《橘黄图》画五月的枇杷，小圆果一笔圈成，有新鲜欲滴之感。画上题道，“五月天热换葛衣，家家庐橘黄且肥。鸟疑金弹不敢啄，忍饥空向林间飞”。

其实，“鸟疑金弹不敢啄”只是画家怀着一份童真揣想所得，鸟儿可比人聪明。我有一位朋友在屋前种了两棵枇杷，年年都开花结果，其中一棵树上结的枇杷很甜，不等收获，已被鸟儿啄食大半；另一棵树上的果奇酸，鸟儿在枝上歇一歇，抖一抖羽，活动一下筋骨，便头也不回离去，从来不屑于吃这棵树上的酸果。那些酸酸的枇杷老熟之后掉在地上，烂黄一片，令朋友极为头痛。我给她支了一招，将酸果捣烂，加蒜蓉、指天椒、盐、糖、紫苏一起做成酸辣酱，炎炎暑日，用来送粥或者蒸鱼都是妙物。

《长物志》里还说枇杷“色如黄金”，确实，我们平常吃到的枇杷果，皮是金黄灿灿的，果肉也是黄粉色。但有日看到《咸淳临安志》里说，“枇杷白者为上，黄者次之，无核者名椒子枇杷”，白肉枇杷叫“白沙”，据说更为甜美。我在汪曾祺先生的书里看到过白沙枇杷，说是卖水果的叶三每年花大半年的时间在外找果子。叶三的果是最好的，但叶三卖果只为着画画的季匋民，但凡收到最好的水果，先给季四爷送去。有一回送的就是枇杷：“四太爷，枇杷，白沙的！”

我没有吃过白沙枇杷，但我觉得树上自然成熟的老树土枇杷已经足够出色。有一年路过河池的巴马县，巴马县是石山地区，枇杷在这种石砾较多的疏松土壤上生长最佳。路上休息，车停在一户农家门前的空地。一下车便看到屋前一株枇杷，枝干粗大，弹丸般的金色果子挂在高高的枝头，我们抬着头指指点点，在树下流口水。山里的百姓温和热情，拿着竹竿绕着树找了最黄熟的几串采下来给我们解馋。这种老树果在树上自然成熟，个头虽小，但肉厚多汁，蜜甜带香，是我所吃过最香甜的枇杷。

在南方时，倒也不见得多么在意这种水果，每年当令，遇上了便买一两斤枇杷，遇不上也不遗憾，不像对待荔枝、龙眼和芒果，每一年都眼巴巴地盼。自从移居北京，一到夏初，便开始想：“家乡的枇杷该熟了吧？”想得两腮发酸，津津涎出。

有一次在北京的水果店看到有枇杷卖，店家说这是在北京郊区种的，第一年结果。没想到，亚热带的枇杷竟然在温带的北京也能种植了。不过也许是水土的缘故，这些枇杷个头虽大，滋味却淡，不甜也不酸，吃在嘴里一股水的味道，外子说：“还不如喝水呢。”

PAPAYA

16 番木瓜 木瓜

Carica papaya L.

木瓜

别名：番木瓜，番木瓜科番木瓜属植物。常绿软木质小乔木，叶大，通常 5–9 深裂，每裂片再为羽状分裂。浆果肉质，成熟时橙黄色或黄色。果肉柔软多汁，味香甜；花果期全年。

南方四月的风，微凉中夹杂着暖湿，门前的番木瓜开了三四朵花，站在叶荫下，仰着脸看，阳光有点儿刺眼，得用手作帘遮一下才能看清。木瓜的花苞和莲子差不多大小，密密匝匝堆在一起，有着和白兰一样的瓷白色，很朴实，是秀气的质拙。

番木瓜掌状的叶子大大的，长在又长又粗的茎上，像一把撑开的阳伞。番木瓜一年到头随时都能开花，花落便结果。番木瓜没成熟的时候用来腌酸、炖汤，熟了可以当水果，或者加了牛奶做奶昔，都别有风味。南方很多人家都喜欢种番木瓜，农村的种在院前屋后，田间地头；城里人利用屋外的一点儿空地，又或者栽在大瓦缸里，无须费心护理，转眼便

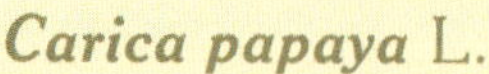

木瓜

开花结果了，是南方最有家常味道的植物。

熟透的木瓜甜，水分丰富，小时候却不太喜欢它软塌塌的口感，总觉得它有一种怪味。但妈妈切木瓜的时候却喜欢守在一旁，等着索要那些浅黑色的籽，用针一颗颗穿连起来可以做成项链。那份快乐，丝毫不比长大后戴上一串珍珠项链逊色。

更喜欢番木瓜还没有成熟时的清脆口感和清香。在树上挑一个皮色还没有泛黄的，用一根长竹竿去捅下来。先要用小刀在表皮上划几道，乳白的浆汁便会一下子冒出来，这一步能去掉青木瓜的涩。小时候看妈妈把削下来的木瓜皮加水一起用来泡发干鱿鱼，起作用的是其中的木瓜蛋白酶，它也是做嫩肉粉的主要原料之一。

青木瓜削皮后切细长片，用盐略腌一下使瓜片变软，加点儿糖、加点儿醋、红色指天椒切几段，冰种玉一般浅浅的绿色点上了几点艳艳的红，既是调味道，也是调颜色。每次做生腌木瓜，都等不及让时间把调味慢慢浸透瓜片，总有人忍不住要掀开盖子偷吃。番木瓜羞怯的清香从还浮在表面的咸酸味道下透出来，不像吃瓜果，倒像吃春天。等到味道终于进到瓜肉里，酸甜咸辣脆招人上瘾的时候，碗里的腌木瓜也见底了。

表嫂做的木瓜酱菜最惹味。做酱菜要在番木瓜还青脆之时切丁晒干，加入辣椒、大蒜、豆豉、糖、酒、酱油一起拌匀后装到瓶子里，原来已经晒干水分的木瓜丁饱吸酱汁的味道，重新变得饱满，鲜辣脆口。炎炎夏日，一碗清火白粥，一碟酱木瓜，顿觉清风徐来。

青木瓜沙拉在东南亚是普通也是广受欢迎的一道菜，其实自己在家做也很容易，青柠、鱼露、小虾干，用对调料，那股东南亚味道便自然出来了。

陈英雄的电影，对白一向少，节奏也缓慢，你就可以把心思全部放在画面上，放在极少的对白和对白后大片的空白上。他有一部《青木瓜之味》，丝乐柔缓、钢琴清亮，年轻的梅从树上摘下青木瓜，乳白色浆液涌出，从叶间滴落。青木瓜对半剖开，露出里面尚未成熟的珍珠一样白色的籽，将青木瓜刨成绿玉一样的丝，拌上作料，便是一盘青木瓜沙拉。温婉的梅动作细细慢慢的，就像是捧护着自己那像青木瓜一样的爱情，朴素、家常，现世安好。

【立夏】

5 月 5 日 -7 日

蝼蝈鸣

蚯蚓出

王瓜生

繁花渐落，绿荫渐浓。蝼蛄（蝼蝈）在田间鸣唱，蚯蚓掘土而出，王瓜的蔓藤也开始抽条，快速地攀爬生长。炎夏将至，气温升高，雷雨增多，万物生机盎然。

Hydrangea macrophylla (Thunb.) Ser.

绣球花

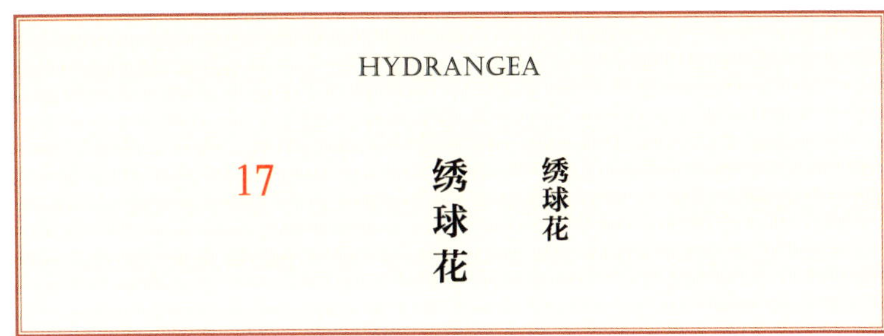

Hydrangea macrophylla (Thunb.) Ser.

绣球花

别名：紫阳花、八仙花，虎耳草科绣球属植物，灌木。叶纸质或近革质，倒卵形或阔椭圆形。伞房状聚伞花序近球形，花密集，粉红色、淡蓝色或白色。花期 6–8 月。

立夏了，远天上的云开始变得暖暖白白的，像棉花糖。一说到棉花糖，就能感觉到一种毫无心机的快乐。夏天也许是四季中最澄净欢快的日子了，春天的濡湿容易让人起诗心，秋天的收获让人想要抒怀感恩，冬天的蕴藏使人沉淀和思考，又像个哲人。只有夏天，是孩童般不问缘由的快乐，只想快乐。

绣球花在初夏已经等不及要开花，然后开满整个夏季，于是被叫作“无尽夏”。它也叫八仙花、紫阳花，“紫阳”一名还是白居易给起的，并且用一首七绝记载了这个事情：“何年植向仙坛上，早晚移栽到梵家。虽在人间人不识，与君名作紫阳花。”

初中的同桌黎长得像是古代仕女画中走出的女子，单眼皮、朦猪眼，你如果不知道什么是朦猪眼，就去看一看林忆莲的照片。我自己浓眉大眼，所以爱极她的眼睛，一副永远睡不醒的慵懒样子，女人味十足。一到物理和数学课，黎就不听课，但也从不睡觉，趴在桌子上画呀画呀，老师都以为她在飞快地记笔记，其实她只是在画各种仕女，还有花仙子那一件件梦幻般的衣裳。

黎从小喜欢看别人穿漂亮衣服，她母亲总是怪嗔她"只知要吃好穿靓"。可是在黎看来，一个人努力地学习工作不就是为了"吃好穿靓"？结婚后，本来先生只想她专心做贤妻良母，但她说自己内心里其实是一个不安分的人。

一日，她走过一家新开业的婚纱店，被橱窗里洁白的婚服打动，童年的梦芽又开始萌发。她走进店里应聘做了化妆师，用她的话来说是"潜伏"。一年后，她自己开了一家婚纱店，做订制婚纱，其实销售婚纱成衣更加省力、赚钱，可从小喜欢女红的她觉得做婚纱才是她真正想要做的事情。也有过忐忑，但是能够做自己喜欢的事，能够通过表达自己的内心来赚到钱，在她看来才是两全其美的事情。

有一天，黎的店里来了一位女子，这个女孩上高中时便时常站在橱窗外看着婚纱发呆，她心想，将来我一定要穿着这位老板娘做的婚纱嫁给自己爱的人。"现在我终于要结婚了，能穿着你做的婚纱，我觉得自己实在是太幸福了。" 后来，黎又开了婚庆公司。"一开始真的很辛苦，一个大的婚礼，一天只睡三个小时，男孩子有时都做不到。我手下的这一群女孩啊——”

她手下的这一群女孩，有的初来到店里，十指乌黑，满脸脓疮，黎从洗干净脸和手开始教起；有的女孩，毫无经验，大大咧咧，如今心细如发，对顾客体贴入微；有的女孩，娇娇滴滴，如今，下一个月就要当妈妈了这一刻还在店里继续工作……黎带出的员工都活得独立而精致，这也是支撑她一直向前的一个理由。

有时候人生就是一种缘分，有些人和事的出现，是为了给我们打开一扇窗，照亮前方的路径，林中小径有许多条，无论你最终做何选择，至少在选择的时候，眼前有光，是一种福气和幸运。

绯红、粉红、茜草红，藕荷、丁香、木槿紫，绣球花的颜色绝不呆板，它就像是大自然的调色盘，花色繁多。绣球花有个神奇的特点，它的花朵会随着泥土的酸碱度改变颜色，如果泥土呈酸性，花便以蓝色为主，碱性土则花开红色，若是中性土壤，便既有红色又有蓝色。绣球花的花球由几十甚至上百朵花组成，花形圆满，是黎在装饰婚礼时喜欢用的花。绣球花非常顽强，有时婚礼结束后，黎便顺手将枝条插在土里，没多久，绣球花便长出根系，活下来，在来年夏天努力开出灿烂的花。

Vatica mangachapoi Blanco

青梅

GREEN PLUM

18 青梅 青梅

Vatica mangachapoi Blanco

青梅

龙脑香科青梅属植物，乔木。叶革质，全缘，长圆形或长圆状披针形；花瓣白色，有时为淡黄色或淡红色；芳香，果实球形。秋天落叶，冬天开花结果，春夏长叶结果。果至四月下旬成熟，味酸微苦。

梅子从绿转黄的时候，立夏便将过去，小满节气就来到了。“梅子留酸软齿牙，芭蕉分绿与窗纱。日长睡起无情思，闲看儿童捉柳花。”杨万里的这首《闲居初夏午睡起》是我最喜欢的初夏诗，有生活，有闲趣。

在古诗里，青梅是春之尚嫩的时节——“红杏初生叶，青梅已缀枝”；是女子怀着心事的娇羞——“和羞走，倚门回首，却把青梅嗅”；是春风中能把一切催化的雨——“青梅雨中熟，樯倚酒旗边”；是可以入诗邀月的酒——“谩摘青梅尝煮酒，旋煎白雪试新茶”。

而对于我，青梅是简单朴素的生活。广西人的家里似乎都少不了一坛腌酸梅，他们喜欢用酸梅来蒸鱼、焖排骨。还有一种最家常简单的做法，在盛夏炎暑，把几颗酸梅、两瓣蒜米一起捣烂，加入白糖和香油拌匀，用来做白粥的小食，或者做白切肉的蘸料，都是上好佳品。

今年的立夏才过了没几天，朋友从南方打来电话，才说得两句便急急道："哎呀，不说了不说了，下雨了，我先去关窗。"

我说："这个时节的雨，牛头湿牛尾干的，忙活什么呢？且让它去吧。"

话音未落，电话那头果然说："不用了不用了，又出太阳了。"

这就是这个时节南方典型的天，像刚恋爱的女子，忽喜忽悲的，心事不定，不过接下来，"黄梅时节家家雨，青草池塘处处蛙"的黄梅天也慢慢来到了。

朋友打来电话，是因为她前些日子在乡下出差，看到山坡上的青梅刚开始成熟，黄绿相间，圆而饱满，想来北方应该没有青梅，便入园采摘了给我寄到北京来。物流很便捷，不过一日，青梅便寄到了。青梅又酸又涩，并不适宜鲜吃，只适宜腌制。朋友寄来的是青梅中最好的一个品种——骨梅。从皮色上看已经黄熟，果肉仍是硬的，骨梅腌出的酸梅果肉很厚，不光只是一层皮。

我把青梅分成两份，一份做渍酸梅，一份做青梅酢。渍酸梅用盐腌渍，今年我多加了些冰糖，再加入两瓶盖酒杀菌，用水封盖隔绝空气进入坛子里。青梅酢则用了一瓶半粮食酒,加冰糖,还自作主张加了几大块红糖。

第二天，便看到两个瓶子的水位升高，青梅缩小。想起有次带儿子和他的堂姐去吃饭，有道糖渍小番茄很好吃，我夸赞了一下，学医的小堂姐随口说道：“番茄细胞外的渗透压很高，番茄细胞里渗透压相对较低，细胞内的水转移到细胞外了。”又有次和学生物的小静吃饭，说起同一种兰花会开出不一样的花形或颜色，小静便说：“这是植物的某一基因在表达过程中受到了抑制不能表达，所以表面的形状发生变化。”我总是忍不住要对这样的话惊艳，尤其出自女孩之口，更觉得她们魅力值爆表。这是题外话了。

不到一个星期，青梅酢的水分已完全盖过青梅，偷偷尝了一口。这个时候的青梅最好吃，酸涩苦味已经被糖和酒消蚀大半，却又因为还没有被腌老，青梅清新的香气仍在。这一种带着青梅的苦味和清香发酵过的蜜甜，是春色将阑，莺声渐老。

“春色将阑，莺声渐老，红英落尽青梅小”是寇准的句子，小时候看杨家将看多了，对那个审过葫芦、问过黄瓜、打过城隍、拷过地瓜的寇准寇老西儿印象很深。所以初看到他写的这几句青梅诗，大吃一惊：“想不到温情如斯。”

我的初中同学嫁到台湾，她和儿子最喜欢吃糖渍梅。每年一到青梅季节，她的婆婆就会去买回上百斤青梅，花上好多天的时间来腌制，光是加盐和加冰糖去除青梅的苦涩味就需要四天时间，到糖渍梅最后做成，需要经历三个月的时间。

老人做好了糖渍梅便送过来给儿媳和孙子。同学说，因为不赞成他们的婚事，婆婆和她曾经有过一段极其别扭的相处。随着时间的过去和彼此间了解的加深，如今，虽然也没有太多热烈的言语，但是，老人每年费心费力地腌制青梅，已足以表达她对儿媳的爱与接纳。

PUMPKIN SEEDLING

19 南瓜苗

南瓜

Cucurbita moschata (Duch. ex Lam.) Duch. ex Poiret

南瓜

别名：倭瓜。葫芦科南瓜属植物，一年生蔓生草本。

茎常节部生根，伸长达 2–5 米，密被白色短刚毛。花冠黄色钟状，果实作肴馔，亦可代粮食。

立夏，楼下的槐树叶子长浓了，密密的，风吹过的时候树枝摇动得特别夸张，哗哗的声音听起来像低沉美丽的和声。

而清晨的太阳则像一位油画家，笔尖揉钛白，几笔便把东侧的灰墙提亮了。墙边的铁栅栏上，南瓜秧卷曲着，左一勾右一扭，从地面攀向高处，仿佛是伸手去够那温暖的阳光。叶芽脆生生的，披着稚嫩的白毛，叶腋间长出了小小的花骨朵儿。我心里生出要采一把的冲动，又硬生生按捺住了，思乡的感觉却油然而起。南瓜苗，本就是春末夏初家乡人餐桌上最常出现的一道菜。

我从小爱吃南瓜苗，妈妈常会买来做菜。厨房里，三个小篮一溜儿摆开：一个盛着买来的瓜苗，一个装剥好的瓜苗，另有一个则是装撕剥下来的皮。我们母女俩相对而坐，一边剥瓜苗，一边有一搭没一搭地聊天。如今想起那段时光，空气里仿佛就浮泛出瓜叶青青的汁味。

结婚后，第一次去菜市场买南瓜苗，着实吓了一跳。以前在家乡，妈妈买回来的南瓜苗都是长不盈尺，现在这个菜市里的南瓜苗却将近半米，而且纤维奇多，只有芽头嫩脆可食，便觉得卖菜的人很不厚道。有一回婆婆来看我们，买了瓜苗，我也像小时候一样，搬了小凳子和婆婆坐在一起，婆婆看着我剥的瓜苗大摇其头说：“你那叫撕瓜苗，不叫剥瓜苗。”

我看看婆婆手上的南瓜苗，剥过的地方绿汪汪，盈盈有水，像黄蓉的打狗棒一样通体水绿。我剥的瓜苗则颜色暗淡，又干又涩。婆婆拿起一根南瓜苗，示范给我看。果然，我剥下的瓜苗的皮是一丝一丝的，而婆婆

Cucurbita moschata (Duch. ex Lam.) Duch. ex Poiret
南瓜

剥下来的则是宽一厘米左右的条条，比起我的要厚很多。我学着她的样子，动作慢下来了，但仍然剥不成。婆婆笑着告诉我诀窍：左手执瓜苗，四指在下，拇指在上，剥的时候，拇指稍稍用力，使苗茎微微弯曲，右手前三指撕开瓜苗的外皮，无名指抵住瓜茎，剥的时候动作要放慢。这样，就能成功地剥出嫩脆的瓜苗。

婆婆剥瓜苗手势娴熟，动作麻利，我则要慢上许多，可是因为喜欢，还是会常常买。外子是“一万年太久，只争朝夕”的忠实践行者，他不浪费自己的时间，也看不得我浪费时间。在他看来，为了这道不到半小时就会消灭掉的菜，而花上个把小时又剥又掐的，时间成本实在太大。而我呢，属于死不悔改的“小资派”。所以，他只管说他的，我照做不误。到了北京后，春日消退，暑夏当道，有一天外子突然问：“北京的菜市里好像不卖南瓜苗？”呵呵，我就知道，有人的乡愁起了。

其实不止北方，便在广西，也有不少人不知道南瓜苗可以当蔬菜吃。大学三年级的时候，有为时一个月的乡下采风实习。我们到的是桂林市的一个偏远山区，需得从南宁坐火车到桂林市，转乘汽车到平乐县，转水路到大扒乡，然后再步行上好一段，爬上半座山，才能到达我们住的地方。除了下乡的日子，平常一日三餐在乡食堂里解决，穷乡僻壤，乡食堂里，墙上黑板写着三道菜，“炒辣椒、炒空心菜、辣椒炒空心菜”，打从我们到的那天起就没改变过。正当年华的年轻人，个个饿得像头虎，男生每天满山转悠找吃的，我们几个女生倒是没几天就盯上了农家菜园里的南瓜苗。

农家菜园里的南瓜苗长得非常茂盛，深绿的叶子铺爬得满地都是，橘黄色的瓜花开在其中，蜂蝶于其上忙个不停。吴冠中先生曾画过一幅《瓜藤》，是在粪筐代替油画架的艰苦年月里画的，平平凡凡的瓜藤在不屈的画家眼里也能勾起诗情画意。不过当时我们饥火正旺，可看不出瓜藤里有什么风花雪月，倒是老乡痛快得很："你们自己上菜园子摘，随便拿。那些开花的、把长瓜的留下就行。"

老乡的慷慨让我们喜出望外，如久旱得甘霖。还演绎了一番老乡转身进屋那一刻的心酸："这些可怜的城市娃儿，可受苦了。"后来才知道那纯属我们自作多情。掐了瓜尖，才能抽出更多的瓜藤，结出更多的南瓜。当天晚上，瓜苗成了抢手货，独有一男生停箸不欢，我好奇地问："你怎么不吃呢？"他忧郁道："有毛，怎么吃？"他是没有看到我们几个女生辛苦了一下午在剥瓜苗吧。我杏眼一瞪："鸡有毛，你又吃？"一屋人哄堂大笑，那男生便讪讪地，嗫嗫嚅嚅。

那段时间，我们天天摘瓜苗、剥瓜苗、炒瓜苗。炒瓜苗很简单，热油旺火加蒜米就行。只是得掌握火候，火候不够，苗梗不熟，有股青味；火候过了，瓜苗蔫软，不光输了颜色，味道也差了。

有一天遇见一位个性爽直的老乡，看到我们几个人抱着瓜苗欢天喜地的样子，道："你们城里人真怪，在我们农村，这东西连猪都不吃的。"呃，想来在那男生的家乡，也是和这里一样的情形吧？可是当时年轻气盛，话不藏心，唯求一吐为快。多年后，看到弘一法师的真言"事到快意处须转，言到快意处须住"。不觉涔涔汗下，受教了。

【小满】

5 月 20 日 -22 日

苦菜秀

靡草死

麦秋至

苦菜枝叶繁茂，到了可以采食的时候。靡草细软喜阴怕阳，盛阳之下开始枯死。此时的大麦和冬小麦的果实籽粒开始灌浆饱满，成熟收获的季节即将到来。

Russula vinosa Lindblad

红椎菌

RED MUSHROOM

20 红椎菌

红椎菌

Russula vinosa Lindblad

红椎菌

别名：红菇、真红菇，红菇科红菇属真菌。菌盖宽 4–9 厘米，扁半球形，中部有时被白粉，珊瑚红色或更鲜艳，可带苋菜红色，边缘有时为杏黄色，部分或全部褪至粉肉桂色或淡白色，边缘无条纹。菌肉白色，厚。干燥后深苋菜红色、鲜或暗紫红色。

小满刚过，离农历的端午还有十多天，我们到北海浦北县的木叶定村去看红椎菌。从县城到木叶定村十多公里，一路上低矮的山包连绵不断，两两之间的小块平地也被农民细心地开垦出来种上水稻。禾苗刚几寸高，正是青翠柔软的时候，风过处如微浪翻卷，远远望去像一张轻软的绿毯，很想上去打个滚儿。

木叶定村在五皇山区里，山的海拔最高处只有 700 米。可是山顶除了小草，几乎没有高大的植物，大片的原始次生天然椎树林生长在海拔 400 米的山腰处。椎树分为红椎和白椎两种。白椎树树皮比较光滑，木质坚硬，但易遭虫害，不耐用。红椎树树皮比较粗糙，材质坚实，不易变形，不惹虫害，是造船和做家具的上等材料。

红椎树结的果实叫椎子，包在硬硬的壳里，长得有点儿像迁西板栗，大小和花生米差不多，大家都叫它“米椎”。米椎是小时候的零食，不香，没有太多吃头，放在热锅里烤一烤，就多出点儿焦香，撒上盐花，味道会略好一点点，和炒花生没法比。

木叶定村村子不大，三十多户人家全都姓容，彼此间有牵牵扯扯的亲戚关系。村里有不少老屋，屋基用大块山石，墙体是青砖，在蓝天白云和绿树映衬下显得十分古朴。每年一到红椎菌的收获季节，平日安静的小村里就聚满了各地的货商。红椎菌露出地面的时间很有规律，每年大致在农历五月初五、七月十四、八月十五和九月九这几个时间出现，每次大约一周的时间。有些年份气候特殊，比如特别暖湿，农历三月中旬红椎菌就开始出露；遇上天气回暖较晚的年份，红椎菌也有可能到农历七月才姗姗来迟。

椎树林就在村里老屋背后的山坡上，经过一个窄窄的坳口时，走在我前面的村民指着树根下一朵白色的菌子提醒我看。菌盖还未打开，表面有均匀的凹凸，像一只袖珍版的高尔夫球。村民说这是“假菇”，他们不采也不吃，但“假菇”就像是红椎菌的信使，它的出现意味着红椎菌季即将到来。“假菇”长得多的年份，红椎菌也特别多。

“黄皮果转黄成熟的时候，红椎菌就长出来了。”

“快近小满的时候，闷热的天气后也容易长。”

7 原来天气也是信使，看来红椎菌也不是那么沉得住气，也会像那些受不了下雨前闷滞空气的鱼儿一样，闷热的时候要赶紧露出地面喘口气。

村民们生长于斯，有一种靠山吃山的生存智慧，从平日的观察中发现了“假菇”、黄皮果和红椎菌这些看似互不相干的植物之间的一种不为我们外人所知的秘密交流。

椎树林里落叶深厚，村民提醒我们要紧跟着他的路线。在红椎菌没有冒出来的时候，如果不熟悉，你是完全无法发现端倪的。有时脚步重一些，难免就会踩伤了还躲在叶层中的红椎菌。

“那！”村民的手往左侧一指，我们睁大了眼，却什么也没发现，“两棵树的中间。”

“啊，看到啦看到啦！”

浅褐色的落叶层中，四五朵颜色红艳、圆头圆脑的小蘑菇萌态十足，分明就是童话书上小白兔扛在肩上的那一朵嘛。

大家的相机和手机都出动了，每一朵红椎菌面前都趴着好几个人，弯腰撅臀的，兴奋得都把仪态丢到了一边。村民们看了直乐，慢悠悠地说，这已经是少得不能再少的了，等到正季来到，满坡都是红椎菌，尤其是农历七月十四那一波，远远便能看到山坡上一片红色，走在椎树林里，你甚至无处下脚。“要是光这么几朵，我们靠什么吃饭啊？”

我们学着村民的样子，采的时候先左右轻摇，把菌子周围的泥土摇松，再把红椎菌拔出来。这样采出来的菌根部不沾带泥土，品质高，价钱好。更重要的是，只有这样，菌丝才不会被破坏。为了延续自然的馈赠，村民们一直谨守着长辈们传下的山林的规矩。红椎菌像天赐之物，平日里，村民们只需把椎林收拾干净，杂草会影响红椎菌的生长。不能洒除草剂，全部活计都靠手工，但他们愿意以自己辛苦一点儿的付出呵护这份老天爷的厚礼。

我们在山上将近一个小时，下山途中，见证奇迹的时刻到了：原本上山经过的地方，只有厚厚的落叶，但往回走的时候，这些落叶间却冒出了好几朵红椎菌。

红椎菌既像是老天爷给村民们的恩赐，也像是和他们打的一个与时间赛跑的赌。红椎菌的生长非常迅速，从冒出地面，到菌盖打开，短短几个小时内便会完成从生长到硬化、枯萎的过程。所以要对付这些精力如此充沛的精灵，得从时间的手里抢啊。到了收获季节，为了采到品质优良、能卖出最好价钱的红椎菌，村民们每天必须在家里和山上之间不断地来回跑，跑赢时间，在一两个小时里把不断长出地面的个头合适的红椎菌采摘下来并送回家中的烤房。

当天的晚饭很简单，村民拿出上一季的干菌炖了一锅鸡汤。现杀的土鸡，姜、酒略腌后下汤锅炖煮，出锅前十分钟才加入泡发好的红椎菌，这样炖出来的汤是红椎菌香气最浓郁的时候。红椎菌营养丰富，在当地，红椎菌炖鸡一直是女子生养后的滋补品。

我们从山上采到的那一小袋红椎菌用来素炒。新鲜的红椎菌肥厚多汁，村民的烹饪方式很朴素，鲜菇切片，只下姜、酒、盐素炒。他们认为这种做法才能品尝到红椎菌鲜甜的滋味。

红椎菌纯天然，富含硒及多种营养元素，这些年来在市场上的价格不断攀升。但是，在二十多年的时间里，国内一些专家和学者花费了巨资，也没有能够研究出人工培植红椎菌的方法。这些一脸萌样的小红蘑菇美丽的外表之下是一颗倔强的不愿意被驯服的心。

在地球的许多角落，总有种类繁多的杰出物种，契合着时间和气候的节律，遵循自己生命的规程，自然萌生、繁育。这些倔强的生命让我们不得不对自然保有一份敬畏和清醒，在大自然面前，我们并非无所不能。

MANGROVE FOREST

21 红树林

木榄 红海榄 草海桐

Bruguiera gymnorrhiza (L.) Poir.

木榄

红树科木榄属植物。树皮灰黑色，有粗糙裂纹。叶椭圆状矩圆形，顶端短尖，基部楔形；叶柄暗绿色，托叶淡红色。花果期全年。

Rhizophora stylosa

红海榄

常绿乔木，支柱根发达。树皮灰褐色而光滑；小枝粗大，落叶之后叶痕明显；叶宽椭圆形，对生，具长柄，先端具芒尖。花淡黄色，腋生，具长梗，聚伞花序。果实革质，圆锥形，胎生苗至翌年 6–8 月成熟。

Scaevola sericea Vahl

草海桐

别名：水草、水草仔、细叶水草。单叶互生，具短柄或无柄，叶形为倒披针形至匙形，肉质状，稍反卷。花萼 5 裂，花冠歪筒状，基部合生（合瓣花），5 深裂。花期 6–10 月。常见的海岸树种，常在海岸林前线丛生。

车子在夏日的晨光中开进合浦县山口镇英罗港红树林保护区，管理员老莫站在一棵大大的草海桐边上，草海桐的花是白色的，小小朵点缀在大丛的绿叶中，远远望去像九里香。老莫是当地人，在保护区已经工作了三十年，常年一个人与红树林为伴，一副慢悠悠的脾气。山中无事，年岁愈大，更是得悠悠淡淡，才好打发时间。

老莫打开保护区通往红树林的小门，一百多公顷的红树林连着海，偶尔有白鹭在远处扑哧着翅膀飞起，又落下。离了那么远，白鹭的扑翅声其实只是想象，但这样一个安静的世界，你却又分明能感觉它是闹喳喳的，那是生命的动静。

红树植物的蜡质叶面闪着绿油油的光，如同孩子脸上光洁的额。花朵绽放在枝头，果实垂挂在树上。最美丽的是木榄，紫红色的钟形花，胚轴像个饱满的纺锤。我们到的时节有点儿晚，木榄全盛的花事已近尾声，果实也所剩不多。

如今是红海榄当道，长长的胚轴像长豇豆一样缀满枝头。秋茄刚刚开花，小小的花苞像一只只微型小辣椒，细长的五片白色花瓣，像小小的海星。秋茄长大后的胚轴像一支笔，所以它又叫“水笔仔”。从前背过席慕蓉那首《最后的水笔仔》，“逝者如斯啊，水笔仔 / 昨日的悲欢将永不会为我重来”，如今在这海边见到，便觉分外亲切。

离岸最近的地方长着一棵高大的树，童童如车盖。起初我以为是桉树，但马上又笑自己：“桉树怎么能够在这种盐碱土壤里生长呢？”老莫说，

Bruguiera gymnorrhiza (L.) Poir.

木榄

这也是红树，在英罗港红树林保护区里是不多的外来种，叫海桑。海桑在英罗港的红树林世界中像个巨人。它高大的身躯、浓密的叶子遮挡了其他红树生长所需的阳光。

山口保护区内共有红树植物十五种，超过中国红树种类的二分之一。在自然界的植物里，红树的生长环境大概要算是最恶劣的了。它生活在对于其他所有植物来说是致命的盐水中，然而，生命是奔放的，经过上万年的坎坷挣扎，红树在潮汐的涨与退之间寻找到生命的出路，渐渐活得智慧而有力。

一般植物的种子成熟后会脱离母树，经过一段时间的休眠，在适宜的湿度、温度条件下，在土壤里萌芽。但是，为了能尽快成活，红树的种子在母树上便已经发芽，在落入滩涂、淤泥后几个小时内它就能够迅速长出新根，其后在不断生长的过程中，红树还会长出许多呼吸根和支柱根，呼吸根从土里伸出地面，帮助红树吸收空气中的氧气和水分；支柱根则支撑着浓密的树冠，抵御风浪。

我们到的时候，海潮已经退到最低，沿着栈桥边的石阶走进红树林。没有石块的地方，便踩着红树的根节一步步向前。红树的根节非常硬，踩在上面很踏实。红树林里不时传来“嗒嗒”的声响，像人用舌头弹击上颚发出的声音，也像寺庙里和尚敲木鱼。这是神秘的鼓虾，只闻其声，不见其影。

老莫说，这里不光有鼓虾，蟹也很多。我们一下子来了兴致。

Rhizophora stylosa

红海榄

在海边玩，捉蟹是一大乐趣。别看螃蟹是横着走，但其步伐之绵密迅捷，常令我们狼奔豕突手忙脚乱却一无所得。超过小娃娃拳头的，畏惧其凶猛的巨螯，能躲即躲。那些个头不大不小可以让人壮着胆欺负一下的蟹又跑得飞快,你累掉半条命,好不容易将它捉住,还得当心被它反戈一击。相比之下，捉沙滩上的小沙蟹就容易多了，蟹爪尚软，顶多只挠得手心窝麻酥酥的痒，可是捉得再多也没有多少成就感，倒是可以拿回家洗洗剁碎了，加盐、姜和酒做成沙蟹酱，用来炒豆角或者做白切鸡的蘸料都是一级棒。

不过在这片红树林里，滩涂泥泞，泥色灰黑，我们根本看不到蟹的影子。老莫比我们年长，眼睛却比我们好使得多，在看似一团灰褐色的泥淖中，总能发现各种螃蟹。他有一手捉蟹的绝活，武器却不是笤帚，而是一根长篙。退潮后，招潮蟹四出活动。雄招潮蟹拼命挥舞着鲜艳的大螯，那是它把妹的招数，就像雄孔雀冲雌孔雀亮翠羽一样。

招潮蟹很敏感，周围稍有异响就会迅速躲进洞里，根本无法走近它。老莫静静地站着，不急不躁，像抽刀前的侠客，过了一会儿，招潮蟹重新从洞里爬出来，老莫手中的长篙像飞出的标枪快速向蟹洞猛扎过去，招潮蟹的家被强行拆毁，只好躲进穴边的淤泥里，老莫将手顺着长篙的方向在周围的泥里掏，一只蟹便手到擒来。这一招屡试不爽，我们咿咿哟哟地表达着内心的无比钦佩之情，老莫的笑容里便带了满足和骄傲。

玩得太尽兴，有个疑问一直在心头却忘了问，这个时候才终于想起来：“莫叔，一路看到的红树林全是绿油油的叶子，连种子都是绿的，为什

Scaevola sericea Vahl

草海桐

么叫红树呢？” 老莫便从栈桥的扶栏间敏捷地弓身下去，一只脚踩在一株海桐上，从系在裤腰的一大串钥匙中掏出一把小刀，在海桐的树干上轻轻剥开指甲盖大的一块树皮，果然看到了红色的树身。原来，红树植物富含单宁，树干一旦受损，单宁物质就会氧化而变为红色。海边人家以前会用来作染剂染布做衣。

潮水开始慢慢往上涨，老莫抬头看了看头上的天，驾着小艇带我们出海去看一片最美丽的红树林。小艇一开，海风一吹，老莫像沙场秋点兵的将领，一手把舵，一手挥指：“这是红海榄，这是白骨壤，某年某月，海水最高涨到过这里，树身上像白水泥一样的硬物是死去的藤壶的壳……”终于，在一处海湾，老莫熄了马达的火：“你们运气好，这里是整个英罗湾最美的地方，每个月只有在潮水涨到最高的那一天，才能进到这里面来。”

这真是一个美妙的世界，安静得如同时间已然静止，一切寂然悠然安然，只有停棹的舟随水轻摇慢晃。在我们的周围全是红海榄，长长的胚轴垂下来，像阿凡达里的奇幻森林。它们在等待着这些胚轴发芽完成，离开母体，开始新的生命。你明白那样的感觉吗？就好像明明身处一个鲜活的世界，但又仿佛不在其间，仿佛只是远远地在看着它，就像身处梦境之中，是的，这片红树林，它美得像一个梦。

同行的朋友拿着各种长枪短炮拍个不停，或者拿出手机拍照发微博、微信。我却只想倚着小艇，静静地看，静静地听。任何举动于我此时都是多余，我只想清醒地留在这个梦里，连心事都不要。

HUMAN FACE FRUIT

22

人面子

人面子 黄花夹竹桃

Dracontomelon duperreanum Pierre

人面子

别名：人面果、银莲果，漆树科人面子属植物，常绿大乔木。奇数羽状复叶，花白色，核果扁球形，成熟时黄色。

Thevetia peruviana (Pers.) K. Schum.

黄花夹竹桃

别名：断肠草、黄花状元竹、酒杯花。夹竹桃科黄花夹竹桃属植物。世界广泛栽植于热带及亚热带地区，花期5–12月，果期8月至翌年春季。可作观赏用途。树液和种子有毒。

七星路不是一条主干道，对于这个不断勃发生机的城市来说，它有点儿古老。路两旁的人面果枝繁叶茂，阔大的树冠把整条路上的天空都遮住了，烈日之下也是阴凉的，阳光只能从一些空隙里泻下来，那些细碎的光斑反倒显得柏油马路上的树影更加厚而浓重。和朋友坐在路拐角处的冷饮店喝芒果冰，窗外夏蝉叫得欢闹，人面果（仁面子）树深浓的绿穿过窗户进到屋子里，眼尖的朋友突然惊奇地叫起来："快看，那是不是结了果？"我赶紧探头去看。还真是！有两根枝条高高地超出其他之上，枝上结了有七八个果。再看看旁边的人面果树，并没有结果。不过已经足够令我们兴奋的了，要知道，人面果树结果可真是稀罕事呢。

人面果树是漆树科植物，果核貌似面目模糊的人面，其实它有个很好听的名字叫银莲果。如果从外形上看，黄花夹竹桃的果实长得更像人脸。

我们小时候总和大自然混在一起，常常有各种惠而不费的玩具，黄花夹竹桃的果实便是其中之一。椭圆的外形，中间有一道隆起，用笔在黄花夹竹桃的果实表面描上人的眉目，再找一根小棍子插在果子上，就像举着一个戴钢盔的小人。虽然那时黄花夹竹桃栽得满城都是，但它的果实好像并不多见，有这样一个玩具是一件很酷的事情。如果有哪个玩伴冒犯了你，拿着这样一个果子来求与你修好，那是多大的恩怨都可以抛到脑后的。

黄花夹竹桃的果有毒，不能吃，但人面果是可以吃的，只是很少能遇上，偶尔在菜市里有农民用一个小篮子装着一点儿人面果，和青菜摆在一起卖。新鲜的人面果并不好吃，又酸又苦又涩，一旦用盐腌渍过，腐朽便化为神奇。用腌渍的人面果蒸鱼，人面果吸进了鱼肉的鲜香，又还保有漆树科植物果实的清香，每一口都是惊喜。要是愿意费事一些，做得更讲究，就将人面果和辣椒、子姜一起用红米酒酿糟腌，腌好后用作小菜，夏天送粥，酸酸辣辣的，开胃解腻。

Dracontomelon duperreanum Pierre

人面子

1 人面果树不难种，不用浇水不必施肥，而且叶子浓密，是很好的行道树。不过它又是很有脾气的树，而且简直就是桃树的对立面。桃树长得很快，容易结果，所以文震亨在《长物志》里说“白头种桃”，意思是白发老翁栽桃也能吃上桃子。

等待人面果树开花结果是一件十分困难的事，本来按照人面果树正常的植物生理，它应该在三月开出细碎小黄花，七月前后果实成熟。可是我在七星路上班十多年，从来没有见过门前那排人面果树开花。有一次同事听了摆出一副不以为然的神情：“我从小就在这大院里长大的，三十多年了，连它开花都没有见过呢！”据说种下一棵人面果树，需得十五年后才开始结果，那还得碰巧栽下的恰好是棵母树，母树也不是年年结果，有的两年一结，还有的十年一结，真是够大牌的。所以呀，能等到人面果树结果，那是运气极好的，有的人种下一棵人面果树，一辈子都等不上吃果。

人面果树喜欢阳光，怕冷。在我的印象中，它是南宁最爱落叶的树了。广西的气候常常是湿而热的，即使有风，也带着湿答答的水汽，黏腻腻的。每年夏天往秋天走去的时候，有那么几天，风很凉爽，天气干燥，好像一下子到了秋末的“哨风天”一样，不知道是不是这个“哨”字，但风过耳的时候确实是像在吹哨子的。这种风哨吹响的日子，人面果树的黄叶便簌簌落满地，厚厚的，叶子被风卷着走，像一块四处游荡的魔毯。一两天之间，老叶便褪去了，一树的新叶子鲜绿得有些晃眼。这样难得的、短暂的干爽日子，头发被风吹到一丝丝飘起，糊满一脸，眼睛被发丝挡住，只闻到空气中人面果树叶被太阳烘发出带涩的焦香。

Thevetia peruviana (Pers.) K. Schum.

黄花夹竹桃

#【芒种】

6 月 5 日 -7 日

螳螂生

鵙始鸣

反舌无声

连绵的雨水形成了梅雨时节，螳螂在去年深秋产下的卵，此时因感应到阴气初起而破壳出生。喜阴的伯劳鸟（鵙）开始感阴而鸣。擅长模仿其他鸟鸣声的反舌鸟，反而不肯鸣叫了。

Brassica alboglabra L. H. Bailey

芥蓝

SUMMER VEGETABLES

23 夏季瓜菜

南瓜花
广东丝瓜
空心菜
芥蓝

Brassica alboglabra L. H. Bailey

芥蓝

十字花科芸薹属植物。一年生草本，无毛，具粉霜；茎直立，有分枝。花白色或淡黄色。我国广东、广西常见栽培，作蔬菜食用。

夏天的时候，在北京的菜市里有芥蓝出售，两三根巴掌长的芥蓝绑成一扎，五小扎归作一堆，每堆卖五元钱，边上立着一块硬壳板写着：广东芥蓝，清热去火。

在南方时，经常买芥蓝，倒没听过“去火”一说，不过，芥蓝带苦味，在南方人看来，苦味的蔬菜都比较寒凉。我记得小时候，爸妈一向认为芥蓝湿寒，不主张多吃。所以除非我央求，否则从不主动买回来。炒的时候还要加入姜、酒以去寒。

南方市场上卖的芥蓝分两种，白花芥蓝和黄花芥蓝，黄花芥蓝口感更好一些。南方人吃芥蓝主要吃茎，叶子一般只留下包着花的几片嫩叶。像

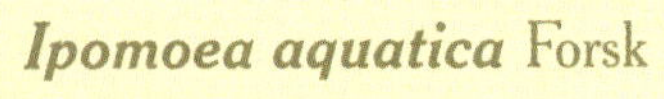

Ipomoea aquatica Forsk

空心菜

北京菜市里卖的那些才一个巴掌长短、叶子又多并且还没抽薹的，多半会让它们继续在地里长着，反正拿到市场上也卖不了好价钱。

炒芥蓝最简单的做法是斜刀切薄片，然后加姜、酒、糖一起爆炒。我妈妈是不愿意随随便便斜切两下了事的，宁愿费工夫一点点剞花刀。先将芥蓝茎切成约两寸长的段，然后用小刀在茎上剞十字或米字。这个动作可以在菜茎的两端进行，中间留出小部分不切断；也可以只在一端剞花刀，一直划开至底端，留出大约一厘米不切断。

剞过花刀的芥蓝一遇水便四向卷曲，像开出一朵玉青色的花。我曾试过给油菜心打花刀，泡在水中，依然是直挺挺的一段段被切成一缕缕的菜梗，从来没有开出过美丽的花。

芥蓝加猪油渣或腊味炒，绝搭。

Ipomoea aquatica Forsk

空心菜

旋花科番薯属植物，一年生草本，蔓生或漂浮于水。茎圆柱形，有节，节间中空。叶片形状、大小有变化，卵形、长卵形、长卵状披针形或披针形，花冠白色、淡红色或紫红色，漏斗状。

立夏之后，空心菜便是这个季节蔬菜界的当红炸子鸡。

空心菜的品种不少，在旱地种植和在水田里种植，品质又大不一样。在南宁，最有名的空心菜是麻村蕹。在城市开发前，麻村一带的土地十分肥沃，麻村蕹叶子是三角形的，颜色翠绿，长在水田的麻村蕹炒出来后颜色依然鲜绿，口感柔软。长在旱地的麻村蕹茎比较硬，炒出来就稍硬口一些。

空心菜熟了之后容易变成茶褐色，颜色不美丽，味道不新鲜，口感也会变差，所以煮的时候要注意时间和火候。若是煮汤，水沸后入水一汆，原本稚嫩轻浅的草绿遇热变得翠绿，就可以熄火了。这道蔬菜汤有着春水一般的颜色，却有着响亮的名字叫“青龙过江”。

我喜欢把叶子和茎梗分开处理，叶子用来煮菜汤，茎梗切短段，先把油烧热，把干红辣椒、蒜米爆香之后，加入空心菜梗，调加盐、糖、醋翻炒，当菜梗的颜色接近第二泡的绿茶颜色时，关火盛出。这道又酸又辣的小菜放在夏天，用来佐白粥，生津开胃，暑气中的小清新。

博白空心菜是水蕹菜，一畦畦像水稻一样种在水塘里，是我所吃过最好吃的空心菜。最好的博白空心菜据说出自博白城里的南门塘，但随着城镇的改造和扩建，南门塘也变成了楼房。没有了南门塘这片沃土，如今的博白空心菜品质下降不少，但和其他品种比起来，仍然是学霸级的，难以逾越。博白空心菜长相特殊，别的品种很难冒充，茎梗纤细匀称，比普通空心菜要长出个三分之一，通体少节，不枝不蔓，只在茎端有三几片叶子。我闭着眼睛也能把它从一堆不同品种的空心菜里分辨出来。

但是博白空心菜只宜一种做法，可以最大限度地品尝到它的爽、脆、嫩、鲜，除此之外的其他做法都可视为暴殄天物。煮的时候，先烧开水焯菜，在空心菜的颜色从嫩草绿色变成深绿色时迅速盛在一个碟子里，然后热锅下宽油，将蒜蓉、南乳、青椒丝、藠头一起爆香，起锅前加入生抽，浇到焯好的博白空心菜上，吃起来有种快刀斩乱麻的爽脆和痛快。若想更好吃，有个秘诀，出锅前加几滴醋，不可多。

我试过上飞机前买了一把博白空心菜带走，三个半小时下飞机后，离土无根的空心菜又长了寸许，用力抖一抖，茎会断掉，脆生生的嫩！

Luffa acutangula (Linn.) Roxb.

广东丝瓜

Luffa acutangula（Linn.）Roxb.

广东丝瓜

别名：棱角丝瓜，葫芦科丝瓜属植物。一年生草质攀援藤本；叶片近圆形，雌雄同株；通常 17–20 朵花生于总梗顶端，花冠黄色，果实圆柱状或棍棒状，具 8–10 条纵向的锐棱和沟，没有瘤状突起，无毛。花果期：夏、秋季。

两年没有吃过丝瓜了，还真是想念。今年夏天回南方老家，正好赶上丝瓜上市，趁机大快朵颐了一番。

南方丝瓜和北方丝瓜不一样。从外形上看，北方丝瓜瓜身圆滑，南方丝瓜有棱，又叫广东丝瓜或八棱丝瓜。口感上，生的南方丝瓜清甜，有香气，口感绵软但清爽。而生的北方丝瓜口感绵软中如含絮，有黏液，故一般不生食。外形虽类似，吃起来却差之甚远。

我喜欢吃八棱丝瓜，觉得它怎么做都好吃。炒肉，肉嫩瓜鲜；煮汤更是清甜，丝瓜切滚刀块，骨头汤煮沸后放入，再加入鸡蛋或肉末，汤鲜瓜甜。切记切记，最后两口要慢慢、慢慢、慢慢喝，动作不可大，要小心地让嫩白如玉的瓜籽慢慢沉在汤底，然后再痛快地一口全部吃掉，瓜籽细细滑滑嫩嫩地滑过喉咙的那种感觉，清新、美好，带着怜惜，像初恋的味道。

北方丝瓜在南方叫水瓜，因为过于寒凉，南方人很少吃，更多的是让它留在藤蔓上老熟，老熟的水瓜纤维会变硬，放在太阳下晒干后，剥去干裂的外皮，去除里面黑色的瓜籽，剩下雪白的丝瓜络，用这种丝瓜络洗碗，环保，又去油污。

不过，若要做瓜酪，却是水瓜更好。平底锅下油烧热后，将切成条状的水瓜放入煎至将熟，要注意火候，因为水瓜煎久了会析出汁水，容易发黑，所以只能略煎，倒入勾过芡的蛋液和水瓜一起煎熟即可。火候恰好的瓜酪出锅后，勾过芡的煎蛋呈现美丽的浅蜜色，透出水瓜雨过天晴的淡绿，水瓜绵滑的口感，加上特有的香气，清新动人。

南瓜花

老舍先生写过一篇《吃莲花的》，我看一回笑一回。他在济南时，从北平寻来两只五六十岁的盆，加上黄河的泥，趵突泉的水，种了两盆白莲，白莲开了花，他为它们献上好多首诗，光是“亭亭玉立”就用了七十五次。有一次他在菜市看到一把把白莲和冬瓜、茄子放在一起，心里很是难过。

我在北京的菜市场没有见过卖白莲花的，倒是小满过后，立交桥底下会有人卖一把把蓝紫色的睡莲。过了小暑，荷花开的季节，就有人卖一头头的莲蓬。

在故乡的菜市里也没有见过荷花和冬瓜、白菜摆在一起卖，和瓜菜摆在一起的是南瓜花，一把把扎成花束摆在菜摊上，蜜蜂在花束上嗡嗡绕舞，眷恋不舍，是夏天菜市的一道风景。

南方人爱吃南瓜花。从初夏开始，就有农民采了南瓜花拿到市场上卖。卖的都是南瓜的雄花，雌花是要留着结南瓜的。有的人嫌雄蕊带苦味，会把长在花托中间那根蜡烛黄的雄蕊择去。我却是喜欢留着，那股花粉的苦香，天然，不是任何香料能调出来的，吃在嘴里，便想起两晋人士说，“何必丝与竹，山水有清音”。

南瓜花的烹饪是“浓妆淡抹总相宜”。可以煮汤，白水即可，和肉末同煮，一点淡淡的肉荤，不影响南瓜花的清香。或者只加蒜蓉清炒，这两种做法都可以很好地品尝到花粉和花托那种甜甜的味道，低眉沉吟满口香。若想郑重一点，就酿南瓜花。把猪肉、马蹄、香菇一起剁碎，调好味之后填入南瓜花的花冠里，上汤或者隔水蒸。

又回到老舍先生那两朵白莲上。有一天友人约老舍先生游大明湖“去买点莲花来”！老舍先生嫌热，“自种的白莲难道比不过湖里的？真！”他领友人去欣赏他的白莲，准备和友人边赏诗边浮一大白，友人却握着那两支白莲直奔厨房找厨子：“老田，把这用好香油炸炸——”

哦，我有说过吗？南瓜花最妖艳的做法是，裹一层薄薄的鸡蛋面糊芡，下锅油炸。香喷喷、金灿灿的黄，不输凡高的向日葵，真！

Portulaca grandiflora Hook.
太阳花

LARGEFLOWER PURSLANE

24 太阳花

太阳花

Portulaca grandiflora **Hook.**

太阳花

学名：大花马齿苋。又名：松叶牡丹、半支莲，马齿苋科植物。
一年生草本，叶片细圆柱形，花单生或数朵簇生枝端，日开夜闭；
花瓣 5 片或重瓣，红色、紫色、黄色、白色等多种颜色。花期 6–9 月，果期 8–11 月。

回了一趟南方，走过桃源路，想起在附近上班的好友，打电话想给她一个惊喜，她果然大笑：“等我，就来。”我在她必经的路口等她，看到马路对面的花池里种了半池的太阳花，太阳花又叫大花马齿苋，有不同的品种，其中的一种，叶子长得像马齿苋，花是单瓣。我最喜欢的是小时候家家户户都种植的那种叶子细小、重瓣的太阳花，它另有个好听的名字叫松叶牡丹。

眼前那半池子的太阳花正是松叶牡丹，开得正盛，宫粉、米白、罗兰紫，颜色丰富得很，看在眼里，心里就痒得像有钩子钩出来。正在这时，大雨哗哗地下起来了，打得遮阳棚噼啪作响。南方的夏天，雨说来就来，像莫名其妙劈头盖脸的一顿痛骂。我顾不得大雨滂沱，冒着雨冲过去每种颜色摘两茎准备带回北京种植。

太阳花是在夏天阳光灿烂的日子里给人无限喜悦的花。太阳花有单瓣和重瓣，有玫红、宫粉、黄色和白色。其中一种是白色花瓣里间杂着玫红色，有的红色间得稀，只细细地在白色中现出几绺；有的红色比较多，变成了红白相间，看起来却不如那红色少的更有韵。我看《天龙八部》，看到段誉和王夫人摆茶花谱，“白瓣而洒红斑的，叫作‘红妆素裹’；白瓣而有一抹绿晕、一丝红条的，叫作‘抓破美人脸’；但如红丝多了，却又不是‘抓破美人脸’了，那叫作‘倚栏娇’……”脑子里便一下想起了这些白瓣洒红丝的太阳花。

太阳花的种子是黑色的，比小米还要细小得多，不过很少会有人用种子来繁育，因为太阳花的生命力太强了，只要看到有，摘一茎回家插到土里，不几天就能长出新根，没有人会费神育种子等发芽，更不会想到花钱去买它。

在夏天的花期里，阳光躲在云后出不来的日子，花朵也不太展得开，红得有点儿闷，若是阴天，开上一朵便是给足了主人面子了。但是阳光好的时候，太阳花红艳艳的，喜气洋洋。每天开出很多的花，同时结出更多的花蕾。绿色的花蕾裂开细细的一道口，绽出一抹红，第二天就会开花。小时候我最喜欢每天去数一数，看看第二天能开出几朵，有段时间还拿了小本子记数，可是花和花蕾都太多了，总数不太分明。小时候用太阳花尝试做过不少事情，比如做红墨水：把花朵摘下来，放在空墨水瓶里装上水浸泡着。当然每次都不会成功，但又乐此不疲，永远不气馁。

又比如过家家。过家家里是要有一个家庭的，爹妈各一个，孩子不限，看参与人数。当妈的最权威，爹有时由男孩出演，有时也女扮男装，妈则从来都是女角儿。小孩被派出去找各种吃食，沙子当饭，车前草的穗是小麦，锅是大瓦片，碟子是小瓦片，找几张大点儿的叶子，叶尖撕开两半到叶子的三分之一处，两片交互，小棍儿一别，就是吃饭的碗。

太阳花和酢浆草是扮家家酒最受欢迎的食材。后者胜在它的果实很像八棱丝瓜，是最像模像样的菜了。只是采的时候要当心，一不小心碰上熟透的，一捏小瓜，里面黑色的或半黑不白的种子就会迸射出来，但你正好帮着酢浆草完成了播种的使命。太阳花受欢迎则是因为它花色艳丽，又唾手可得，在各家的花盆里都生生不息。细圆的叶子当菜正好，花朵则让每一碟“菜”都显得那样腴美。

和平的生活过多了，有时也打一下仗，摘几根莎草，报话机就有了，至于当枪使的干树枝，到处都是。有时玩着玩着，忽然有同伴来报：“外贸大院里又有吃的了。”那肯定是篮球场上又堆满了肉桂，像小山似的，空气里都是甜甜的香，不敢多吃，太上火，容易流鼻血，只掰一小截放进嘴里咬，又甜又香又辣，比起沙子饭和太阳花菜来要真切实在多了。那是一个物质匮乏但想象力丰富的年龄，幸好长的都是个子而不是心智，只有旺盛的精力，没有泛滥的情感，在父母忙于革命事业的年代里，把一个童年过得春风浩荡。

【夏至】

6 月 21 日 -22 日

鹿角解

蜩始鸣

半夏生

阴气渐长，阳气始衰，夜短昼长。鹿是阳兽，因感受到阴气而脱下了鹿角。夏蝉（蜩）感受到阴气之生，也鼓翼而鸣。喜欢生长在沼泽地、水田中的半夏将在夏至到来的第十一天后开出美丽的花朵。

LITCH

25 荔枝

荔枝

Litchi chinensis **Sonn.**

荔枝

无患子科荔枝属植物。常绿乔木，花期春季，花多，富含蜜腺，是重要的蜜源植物；果期夏季。荔枝的栽培品种很多，以成熟期、色泽、小瘤状突体的显著度和果肉风味等性状区分。

夏至的阳光直射北回归线时，正是荔枝最丰美的季节。两广人喜欢在夏至的时候吃荔枝，民间有个说法，“夏至食个荔，一年都无弊”，大约有点传统中医里以毒攻毒、冬病夏治的意思。

生为广西人，我觉得最幸福的事情之一，是可以在荔枝季里吃到最新鲜的荔枝。沿着北回归线以南的桂东南到桂西南的山脉前沿和盆地边沿，广西可以划出一条荔枝分布带，中国三分之一的荔枝树生长在这里，品种众多，滋味各不相同。

每年的荔枝季是从五月初到七月中。最早上市的是三月红，甜中带酸，

Litchi chinensis Sonn.

荔枝

味道谈不上醇美，只是安抚过去一年的等待。收获完三月红就可以收早荔，早荔过后是妃子笑，这时候就来到六月上旬了。妃子笑最好辨认，果皮黄绿色中带半靥微红，似少艾带羞的脸。这种黄绿色在芬理希梦的彩色铅笔中有个很好听的名字叫“朝霞中的柳色”。在妃子笑带上这种颜色时收获，果味清甜，汁液丰厚，一旦皮色过红，肉质就变得绵软，味道就淡了。

六月底是“桂味”的收获时间，“桂味”就像荔枝世界里的公主，需远离凡尘。果农说，种植“桂味”一定要成片，并且远离其他品质较低的荔枝品种，因为漫天飞舞授粉的昆虫们可不管你是公主还是平民，一旦黑叶爱上“桂味”，“桂味”品质就会受到不良影响，所以经常出现种植在果园边上的“桂味”与其他种在果园当中的“桂味”品质差异较大的现象。

有一年“桂味”的收获季节我们到了钦州的灵山县。灵山是广西种植荔枝历史最悠久的地方，县里有个邓家村，村里有好多株八百年以上的古荔，其中一株一千五百多年树龄的荔枝至今仍每年结果。

荔枝林里，“桂味”果实累累，压得枝条都弯了下来，坐在树下略微欠一欠身便能采到。“簕身青花挂头绿，细核甜脆不湿手”，说的是“桂味”表皮上的刺比较扎手，皮色淡红飘青，在靠近果蒂处有绿色块状斑纹，果核细小，肉质脆口清甜，剥开皮后汁液不流溅不湿手，还带有淡淡的桂花香味，是难得的清甜之韵。六月的南方天气燠热，但浓密的树叶遮挡了热辣的夏阳。坐在树下吃“桂味”是绝佳的享受，每一颗白玉般的果实入口，都如凉风拂过夏天的山谷。

七月、八月收获糯米糍和鸡嘴荔，鸡嘴荔的母本出自产南海珍珠的合浦，据说是用挂绿和妃子笑两个品种杂交而成，因为核小如鸡喙而得名。鸡嘴荔果肉爽口，香浓多汁，这两个品种都是肉厚果甜，但这又恰恰成了它们的缺点，因为滋味过于浓郁，吃不上几个便容易腻。而且果肉过于丰厚，水分多糖分大，很容易失鲜，放置一晚，第二天便淡口寡味，像水果罐头。

麻垌荔枝长在桂平市麻垌镇境内，是当地特有的品种，因地名得名。麻垌荔枝个小，甜中微酸，气味芳香。那份清香可直追“桂味”，只输在核大。前年得当地的朋友相赠，难得的是，这么多年，麻垌荔枝的味道仍然和小时候吃到的一个样。

小时候的荔枝不比如今的甜，绝大部分甜中带酸，果核也大，但这大大的果核却是我的爱物。一边吃，一边挑拣，核儿又大又圆的，便是上品。洗干净后交给父亲，父亲就用小刀细细地将它镂成一只枣色的小水桶。功夫上虽不能像《核舟记》所描述的那样能在上边做出万千文章来，但也是个细致活。一不小心，掏桶肚时便把桶把子给弄折了。我在旁遗憾地大叫，父亲不急也不躁，笑吟吟找来一根牙签折去一截，把尖的一端插入果核，大拇指和中指捏紧了，俩手指一搓一拧，小水桶便成了小陀螺，滴溜溜地在桌面上转圈。

嗯，差点忘了，荔枝最惊艳的吃法是荔枝酒，把新鲜的荔枝剥壳后泡到酒中，放置片刻后喝酒吃果。荔枝的果肉借了谷物精华的香气，酒里又透着荔枝的甜与香，我这种平日里滴酒不沾的人，却迷恋它果肉里此刻那种充满了欲望的滋味，一颗接一颗，不觉间就醉了。

Clausena lansium (Lour.) Skeels

黄皮

WAMPEE

26 黄皮 黄皮

Clausena lansium (Lour.) Skeels

黄皮

芸香科黄皮属植物。小乔木，有小叶 5–11 片，小叶卵形或卵状椭圆形，圆锥花序顶生；果圆形、椭圆形或阔卵形，淡黄至暗黄色，被细毛，果肉乳白色，半透明。花期 4–5 月，果期 7–8 月。

夏至刚过，龙眼、芒果未熟，但荔枝和黄皮果正是好时候。黄皮行气消食，化痰止咳，是受人喜欢的水果，但品种酸的居多。

有一年去涠洲岛旅游，住在犀牛脚村的农家乐旅馆，村里人家的院前屋后都种着菠萝蜜、黄皮果、芒果、番石榴、龙眼、荔枝，每样一两棵，纯为满足自家人的口腹。我东转转西走走，看到一棵黄皮果树上坠满了一串串像拇指头那么大的黄色的果子，我平日里胆小如鼠，看见植物却总是豪气胆边生，忍不住想要摘。手臂刚伸出去，就被身后伸过的一只黢黑大手一把按住，我的心都要跳出来了，回头看到一位头戴圆锥斗笠，身穿黛色布衣的老人，我冷着心等着青龙偃月刀的寒光一闪，却见“大侠”展颜一笑，粗大的手向后方一指：“这棵树果酸，那边有棵老树，果又大又甜。”

之后不久，我们便坐在木麻黄树下，一边品尝着香甜的黄皮果，一边讲述着历险记，享受人情的质朴和甘醇。

前几年去合浦县出差，在大寺镇的一个农村里看到一株近百年树龄的黄皮树，树身需要两个人才能合抱，乡亲们都说这棵树每年结出的果没有一丝酸味。母树下长了好多小苗，总有上百之多，都是树上落下的果发芽后长出来的，我便带了两棵回来，妈妈把它们种在两口大陶缸里。缸子从前是用来养金鱼的，又大又深。小的时候常常扒着缸沿往里看，找我最喜欢的那条龙袍。天气太热，金鱼都潜在缸底，我看不到金鱼，却低头从缸里看见自己的脸，还有头顶上的蓝天。

妈妈喜欢养花种果，什么植物到她手里都侍弄得精神爽利的。去年，两棵黄皮都开花结果了，还没等人反应过来，鸟儿已先下嘴为强。

妈妈说：“看来这果甜，雀崽最精了。”

今年雨水节气后，黄皮又开花了，谷雨后，花朵结出小果，妈妈便给它们套上塑料袋保护起来，又贴心地给鸟雀留出几串。

黄皮有个血缘很亲的表兄弟：山黄皮。广西边境一带叫它鸡皮果，大概是因为它的皮色像鸡皮。山黄皮的植株比黄皮高大，结的果却比黄皮小，圆圆的，大小如龙眼核，果实成熟时，绯云色的果皮紧绷得近乎透明。春末，山黄皮开出满树浅黄色小花，山风过处，一片清香，所以它还有个很美的名字叫“过山香”。家中种有山黄皮树的大学同学告诉我，把“过山香”的嫩叶切碎了蒸肉饼，味道一级棒。山黄皮的果实晒干后可以保存很久，夏天炖绿豆汤的时候丢两三颗进去，有一种特殊的香，还可以去暑热痧气。若是将果实加盐腌制，用来蒸鱼或蒸排骨，可以增加肉质的鲜香，但山黄皮的山野味道仍在，美艳不可方物。

粉饺是南宁的特色小吃。粉饺和饺子的区别在皮，饺子皮用面做，粉饺是米皮，用大米磨成的生浆和熟浆混合制成。粉饺馅有香菇猪肉或马蹄猪肉。蒸熟后的粉饺晶莹剔透，吃的时候要配黄皮酱。黄皮酱是南宁的一大特色，以铁鸟酱园的最好吃，是用山黄皮加白糖、豆酱、辣椒、蒜米、甜酒、芝麻酱等配料做成的，鲜甜中带些微辣味。

我去过很多城市，似乎都没见到过黄皮酱，而老南宁人是离不开黄皮酱的。黄皮酱对他们的意义有点儿像芝麻酱之于老北京人。有一年北京市芝麻酱缺货，作为北京市人大代表的老舍先生提案希望政府解决芝麻酱的供应问题，先生说“北京人夏天离不开芝麻酱”。不久，北京的油盐店里就有芝麻酱卖了。这不是杜撰，是汪曾祺先生写的。

Delonix regia (Boj.) Raf.

凤凰木

FLAMBOYANT

27 凤凰木

凤凰木

Delonix regia (Boj.) Raf.

凤凰木

别名：影树、红花楹，豆科凤凰木属植物。

高大落叶乔木，叶为二回偶数羽状复叶，花大，鲜红至橙红色；荚果带形，扁平。

花期 6–7 月，果期 8–10 月。

夏至，凤凰花开。

小时候总盼着凤凰花开，因为凤凰花开的时候，六一节就到了，再过不久，就到了漫长而快乐的暑假。孩子的记忆是深刻而难以磨灭的。席慕蓉说自己小时候胖，头大，常常玩着玩着就滚下山坡，然后遇见一朵好大好蓝也好香的花。我是三岁那年上幼儿园，被几株烧红了天的凤凰树惊得呆住，那火烧云一般的样子从此成了记忆深处磨不掉的印记。

在二十世纪八十年代前，南宁市的七星路两旁一度种满了凤凰木，夏天树身上会垂吊下小软体虫“吊死鬼”，“吊死鬼”的学名是尺蠖，也有人把它叫度尺虫，一旦沾到人身上，便一弓一弓往上爬，传说度尺虫量完人的身体，人就死翘翘了。因为这个，小小的我对凤凰木又爱又怕，每次跟着表姐出去买西瓜、买冰棒，都紧紧地贴在她的身边，表姐那时已经考完大学，算是半个大人，开始喜欢修饰自己，长长的辫子甩过来甩过去的，有股很好闻的“七日香”香波的味道。凤凰木的红花映照在她的脸上，感觉她特别美。

南方的夏天经常下大雨，一场风雨会把凤凰花打落不少，落满一地红。凤凰木的花瓣不光漂亮，还可以吃，不过味道不怎么样就是了，酸酸涩涩，在树上的花朵新鲜，比落在地上的更好吃一些。

香港人把凤凰木称作“影树”，这名字实在是恰当得很。“叶如飞凰之羽，花若丹凤之冠”，凤凰木羽状的树叶很细碎，阳光透下来，一地碎碎跳动的光影，红艳艳的花一蓬蓬雀跃地开满枝头，像纤秀的女孩正当灿烂的年华。

记得上大学时修现代诗，老师要求每人选一首诗上台朗读，我选了王铠珠的《问》：

你会不会像正午的凤凰树
为我燃烧再燃烧？
在通往异域的路上
当西风拍打渐远的山色
你可能为我频频回首？

还是像昔日婉转的知更
你为我驻足一个长夏?

年少的时候总多疑问，凡事都想得到一个让自己欢喜和心安的答案，不懂得人心似湖，世事如风，岂有安宁一说?

一个腼腆的高个子男生选了夏宇的《甜蜜的复仇》，匆匆跑上讲台：

把你的影子加点盐
腌起来
风干
老的时候
下酒

大多数人还没明白过来的时候，他已经像一道闪电奔回到自己的座位，惹得大家哄笑好久。

时间如梭，在一个凤凰花开的季节，我们毕业了，从此各奔东西。多年后同学聚会，有人提议读一读当年的诗，女生选了《雨巷》，男生则选了激情四溢的琳当年在课堂上念的那首《雅典的少女》。熟悉的诗句在耳畔重新响起，岁月却早已走出很远。撑着油纸伞的姑娘脸上不再有丁香结般的绯红，而诵读“虽然我向着伊斯坦堡驰奔／雅典却抓住我的心和灵魂”的声音也不再稚拙，所有的举手投足已落落大方，年少时的羞赧荡然无存。

聚会时也正值凤凰花烧得像火一样的仲夏，阳光透过树叶洒下来，树下人脸斑驳，撤下了职场上戴着的面具，眼神里仍留有年轻时的清澈，正是青春时最真纯的自我。

青青子衿，悠悠我心。然后青春还是一步步远去，影子像摇曳的酒杯里玫红的葡萄酒，在杯壁上留下长长的酒褪，缓缓滑落。

【小暑】

7 月 6 日 -8 日

温风至

蟋蟀居壁

鹰始鸷

气温升高，空气温热，暑风带起团团热浪。蟋蟀离开野地，躲在庭院墙角下纳凉避暑。在春天出生的雏鹰，此时纷纷离巢，学习捕猎技艺。伏期的夏，闪耀着如火的热情。

Hibiscus tiliaceus **Linn.**

黄槿

YELLOW HIBISCUS

28 黄槿

黄槿

Hibiscus tiliaceus Linn.

黄槿

别名：桐花、海麻，中国部分地区也称篓麻树，锦葵科木槿属植物，半红树植物。

叶心形，花冠钟形，花瓣黄色，内面基部暗紫色。花期 6–8 月。

小暑节气里，我们到了我国大陆海岸线最南端的地级市，防城港市。南方海滨城市有着能让人发疯的燠热和潮湿，海边人却安之若素，老人、大人和孩子就那样无须遮挡，坦荡荡地在烈日下行走，焦麦色肌肤闪出一种健康的美。

我们到的这片海岸边，长着一棵粗壮的黄槿树，树下蹲坐着几位渔民在热热闹闹地聊天。这些渔民从小在这里生活，他们对这片海充满着感激，即使是困难年代，只要手脚勤快，就能从大海里获得他们所需的食物。每天，潮退后，滩涂上会留下许多来不及回到大海的海洋生物。用一把铲子和一个齿耙就能挖出藏在沙下的沙虫、泥丁和螺贝。往大海里走，在浅海的泥沙和礁石缝间，濑尿虾密密麻麻，唾手可得。

海边的滩涂上生长着大片红树林，和山口英罗湾的红树林相比，这里的红树品种比较单一，主要是马鞭草科的白骨壤。白骨壤的果实扁扁的，形状像蚕豆，可以吃，渔民叫它“榄钱”。大部分的榄钱成熟后在涨潮退潮时会被海水带走，只有少部分能留下来。

榄钱只结在母榄树上，母榄树被公榄树紧紧包围着生长在红树林的深处，所以采榄钱是个辛苦活。榄钱焯水去涩，和车螺一起焖煮，清热败火，是海边人的一道家常菜。

从前每到六月，渔民就把白骨壤的枝叶砍掉，埋在海边种红薯的沙地里发酵作肥料。白骨壤的枝叶带着海水的咸气，还有种苦涩的气味，虫子避之不及，用这样的红树肥料种出来的红薯特别香甜。

七月，在砍掉的白骨壤枝干上长出新的嫩叶，每年一修剪，白骨壤长得特别鲜绿，这样的做法也是老祖宗传下来的。直到 1992 年，红树林被国家列为保护植物，渔民们才不再用白骨壤的叶子沤肥，但海边的红薯还是非常香甜好吃。

红树林里堆放着成百上千只陶缸，渔民把青蟹养在陶缸里，每只陶缸里只能放置一只青蟹，若一缸容二蟹，它们便会互相残杀，成王败寇，弱者付出的是生命的代价。陶缸壁凿有小小的洞孔，海水潮涨潮落会给青蟹带去食物，平常渔民采附生在红树上的牡蛎和藤壶喂养它们。藤壶是红树的天敌，它一旦附着在红树上，就一辈子赖着不走了，以吸食红树的汁液为生，对红树造成很大伤害。渔民用它们来喂养青蟹，对树和蟹是一举两得的好事。

每只蟹在重约一两的时候放进去，四五个月后便能长到一斤多。渔民大多赶在春节前后和八月十五前后这两个消费旺季时收获。蟹的生长非常有意思，种苗阶段时的青蟹每个星期要蜕壳十多次，慢慢地变成一个潮汐期（编者按：防城港的潮型为全日潮。即一天内只有一次涨潮、一次退潮）蜕一次壳，一般蜕壳的时间在子午潮的时候，这段时间，青蟹基本不再进食。但每次蜕壳后，青蟹的体型会明显地增大。

海边人把出海打鱼称为做海，观天象是做海人必须掌握的本领。随手一指天边的云，每个人都能说得头头是道。 黄槿树下，年轻的渔民指着岸边摇摆的芦苇草说：“大概在刮五级风了。”

老渔民便反驳：“五级？看看这白马浪，起码七级了。”

我顺着老渔民手指的方向，看到远方的浪花一滚一滚地翻，浪头雪白，还真的像白马在草原上奔跑。

一位看起来年纪最大的白胡子老人抬头看看天：“明天七点肯定下大暴雨。不会错。”一副斩钉截铁的语气。

我抬头看天，多么蔚蓝啊，蓝得仿佛要流下来。老人说自己今年八十三岁了，好几次差点儿把命丢在海里，全靠看天象把命捡回来。看了一辈子的海，从来没错过。他信心满满地说自己也就只比孔明差一点儿而已，有嘴快的渔民便接话:“但是孔明也没有诸葛亮厉害,被诸葛亮气死了。”众人便齐声笑话他：“孔明就是诸葛亮啊！”说错的那个也不在意，跟着大家一起大笑。

一位高个子渔民踮起脚，从黄槿树上折了两根枝条准备带回家给妻子做糍粑。黄槿树如今正在开花，钟形的黄花漂亮极了，渔民把黄槿叫篓麻树。高个子渔民用手里拿着的枝条比画着说，篓麻树很神奇，从树上截下一段枝干，不管头尾，扦插后都能成活，而且倒插枝条后长出来的树形更漂亮。其他渔民便一齐反驳他，说倒着插篓麻是犯天条的事，不能做。高个子渔民很不以为然，有人便粗声粗气地问他：“要是你倒插了篓麻你敢不敢站到树下？”

按照渔民们的说法，黄槿树特别容易招雷电，虽然对其中的原因谁都说不上个子丑寅卯，但这些纯朴的人内心始终坚守祖先留下的规矩，心中保有忌惮。人活在世上，确实是需要有所敬畏的，敬与畏既是由衷的坦诚，也是灵魂的坚守。

黄槿是一种半红树，全年开花，在我国南部和东南亚的海边常被种植用作防风固沙。黄槿的黄色钟形花朵中间有着紫红色的蕊，心形的叶子受热后会散发出特殊的香味。

海边人喜欢用黄槿的叶子蒸糍粑，所以黄槿又叫“粿叶树”。南方人喜欢使用植物的叶子做食物，比如用荷叶蒸排骨、用箬叶和柊叶包粽子、芭蕉叶包糍粑……都是借叶子的清香,或者给原本素淡的稻米续入香气,或者平复荤肴的油腻。这添加的一片叶子，既是加法，也是减法，因为是源于自然和生活的烹饪的智慧，所以格外动人。

黄槿一身是宝，除了花和叶可以食用，渔民还用黄槿的树皮搓绳，用黄槿的根入药。广西、广东、海南等地都喜欢种植木薯，木薯由于适应性强，耐旱耐瘠，在南方滨海地区的乡村路边和山坡上多有种植，这种块根植物据说最早是由玛雅人种植的，吃多了或者没有煮熟的话，容易中毒，黄槿恰恰是木薯中毒的解药。

上苍造万物，大自然真的好比是造物者为自己设计的智力玩具，有一结，便有一解，环环相扣。看似普普通通的一棵树，却从根到叶都有着各自不一的作用。树对此并不自知，它就只是这样自自然然地生长着，并没有在哪个地方刻字说明“我的叶子能用来蒸糕，我的树根能作解热剂和催吐剂，我的树皮能搓麻绳……”可是，这些秘而不宣的作用，竟然全都被人类发现了。

这是一种多么神奇的自然与人之间的联系，一想到这点，那个能让人慢慢地一一发现植物奥秘的年代便在我的心里闪闪发光。如今这个快节奏的时代，还有多少人会停下来，好好看清楚一片叶子的脉络？

Mangifera indica L.
芒果

MANGO

29 芒果

芒果

Mangifera indica L.

芒果

学名：杧果。俗称：芒果。别名：蜜望。漆树科杧果属植物。常绿大乔木，叶形和大小变化较大，通常为长圆形或长圆状披针形，圆锥花序，多花密集，黄色或淡黄色；核果大，肾形，成熟时黄色，中果皮肉质，肥厚，鲜黄色，味甜，果核坚硬。

亚热带地区流传一句话："夏至吃荔枝，小暑吃芒果。"世人都说荔枝味美，我倒觉得芒果才是水果中可被惊为天人之物。芒果犹如最甜蜜的情话，轻而易举便能俘获女子的芳心。每次吃芒果，当香香甜甜的果肉滑过喉间，总是快乐得想要唱歌。

我怀孕时正是芒果季，开心极了，变着法子吃，当水果吃，做成果汁，做奶昔，炒牛肉。单位里的老阿姨总劝说不要吃不要吃，说吃芒果易上火，以后孩子的皮肤不光滑。可是，芒果的甜美和吃到芒果时的那种快乐让我无法停下来，我想，这种快乐的心情，孩子一定能感受到。果然，他出生之后，是一个非常爱笑的宝宝，见到的人都说，没见过笑容这么美好的孩子。

这种美好的水果，又叫蜜望、庵波罗果，《本草纲目》有载，芒果为“果中极品，种出西域”。印度早在公元前两千年，就已经有种植芒果的记录，据说世界上最好吃的芒果是印度的阿方索，台湾的果农用金煌品种从印度果农的手中换得阿方索，种植后滋味并不见十分出色。

日本本岛在1985年以前没有种植芒果，有农协专家在冲绳吃到芒果后才在九州南部的宫崎县进行温室栽培，取名“太阳之玉子”。玉子在日文中是蛋的意思，这个“太阳蛋”要卖到一万日元一个，折算成人民币要五百多元了。

《植物名实图考》说芒果的得名是因为“此果花多实少，方语谓诳为芒，言少实也，犹此地谓瓜花三不结实者曰谎花耳”。芒果的花事可谓浩荡，一是花多，红锈色米粒般大小的花朵密密匝匝，如塔如松，布满枝头，何止万千；二是花期长，从上一年的十一月开始，一直持续到第二年的四月。芒果花虽然多，但大部分的花都会落掉，不能结果，每株芒果树一般结果五六十斤，如果护理得当，再加上天时配合，可得近百斤。出于芒果味美的缘故，所以我想《植物名实图考》的说法实在是带了点因爱生憾的薄嗔。

广西百色市位于右江河谷，这里的芒果品种多达两百多个。田东、田阳两县状如蝴蝶，深入右江河谷腹地，北回归线穿两县而过，这里出产的芒果品质特别好。每年上市最早的是公芒，公芒是芒果因为授粉不足而形成的无胚果，像鸡蛋那样大小，核薄如纸，果肉香甜，两三口便能消灭一个。

香芒在五六月之交上市，母本是菲律宾的吕宋芒，经过上百年的进化，肉质细腻、皮薄多汁、味香蜜甜，口感更为出色。但是因为花期过早，偏低的气温使得挂果率低；表皮太薄，不耐储存，不利于长途运输；收果的时间必须十分精准，收获早了，虽然容易储存，但果味酸；九成熟时最好吃，可是又不易储藏，怎么样都为难。

果农于是选择了和香芒品质相当但适应性更强的“台农”。这与人类世界多么类似，过于敏感和纤弱，在竞争的社会中就难免被推向边缘。不过“台农”也有性格，果蒂部分分泌的浆液会使你的嘴唇过敏起泡，食用时须小心避开。

“台农”分大台农和小台农，小台农个头和公芒差不多，但体型更丰腴，小台农又甜又香，越吃越上瘾。美食家蔡澜先生写文章，说有一次他独自“消灭”一箩芒果，到最后流出的都是黄色的汗。真是过足瘾！

金煌芒是芒果中的巨无霸，重逾千克，只比一只橄榄球略小，要几人分食才能吃得完。金煌芒果肉肥厚，水分多，甜味足，缺点是香气不够浓郁。因为水分过足，所以金煌芒不适合用来做菜，做甜品倒是恰好，不论做果汁或奶昔，都比用其他品种的芒果来得更方便和省力。做菜还是要选“红象牙”，酸甜可口，不绵烂，还能让牛肉更加鲜嫩多汁。把牛肉切薄片略腌，“红象牙”去皮去核切小块，油烧到八成热之后先快速煸炒牛肉，然后加入芒果、洋葱和青椒、红椒，勾点儿薄芡，略收收汁就可以出锅，一道有着浓郁的热带风味的芒果炒牛肉。

“桂七”是最好吃的芒果，我闭上眼睛，光凭手摸就能把它和其他品种分辨开来。如果把芒果比作女子，桂七便是既美且慧的那一位。这位“神仙姐姐”仪容端庄，一切都恰恰好。“身材”S形，果皮青绿，成熟后青中泛黄，香味扑鼻不俗艳，是令人舒服的清香。果肉细滑，不丝不瓤，水分丰盈，但恰到好处，不会吃到汁水淌满手臂；汁液蜜甜，但不过分，不腻喉。一旦尝过了“桂七”，顿觉其他芒果与它相比，云泥之别，索然无味喽，一见杨过误终身啊。

四季绿芒顾名思义，一年四季都能开花结果，不过为了保证产量，果农一年只收一造，在国庆节后上市。至此，一年的芒果盛宴便轻轻拉上了帷幕。

杨枝甘露是炎热的夏季里的一道极致甜品。第一次听到杨枝甘露这个名字的人，都会有种不知所云的糊涂，其实就是在牛奶中混杂了芒果、西柚和沙谷米（西米）的一种甜品，取芒果的甜香、西柚的微酸带苦和沙谷米的滑溜。但它们并不是简单地混合，芒果肉的一半用来切碎和西柚做果粒，另一半打成芒果汁与牛奶混合做底浆，才能成就一杯完美的形色黄艳、酸甜相间、清馨柔美的杨枝甘露。

又或者，做一个芒果班戟。鸡蛋、白糖、牛奶、面粉以及融化后的黄油拌匀过筛成蛋糊，用文火将蛋糊摊成饼皮，先铺一层奶油，放上芒果条，

5 再覆盖一层奶油，然后包成小小的方形包袱的样子。吃的时候将班戟沿对角线切开，金黄色柔软外皮包裹着雪白的奶油和黄澄澄的果肉，入口之间，浓郁的芒果清香与香浓的奶油糅合渗透，在唇舌间瞬息融化，满足你对甜点的所有幻想。

说了芒果，就有必要提一提扁桃，这里所说的扁桃不是新疆产的蔷薇科桃属的巴旦，而是和芒果同为漆树科杧果属的另一种亚热带植物，果实像李子大小。扁桃树树高冠大，在广西常常被用作行道树。

扁桃的花期和芒果大致相同，果实成熟比芒果略早。扁桃成熟的时候，一阵风吹过，果子便会“啪啪”掉下来，遇上风雨，更落得满地都是。我一度看不起它，认为这么一副身小皮厚的样子，能有什么吃头！直到一个夏日，一场大雨把我困住了。离开屋檐几米开外的地方长着好几棵高大的扁桃树，树上的扁桃被风雨打落了大半。一起躲雨的两个孩子不时冲进雨中捡上几个，又“咿咿啊啊”啸叫着跑回来，擦一擦雨水就急吼吼地吃起来，奶黄色的果汁从嘴角淌下。

我忍不住向他们讨了一颗，学着他们的样子，咬破一个小口，双唇轻嘬，随着利索的一声“嘣”，一小口浓香蜜味的果肉经过口腔，穿越食道，直抵心腹，与此同时，微醺之意反向而行直抵天灵，突然有种幸福得想哭的感觉。原来成熟的扁桃仿如尤物，任铁石心肠也会被虏获。只可惜出了广西，很少有人知道此物，扁桃的保鲜之难比荔枝有过之而无不及。

芒果和扁桃在成熟前都可以用来腌酸，“酸”这个形容词在广西的语言体系中，已经变性成为名词，指的是经过米醋腌泡后的蔬果。在广西的街头巷尾，酸嘢摊随处可见，水果种类丰富，吃法也多种多样。青芒果、菠萝、番石榴、木瓜、李子、黄瓜、莴笋……将各种蔬果切块，薄盐薄醋略腌，杀出些许水分，撒上辣椒粉，在水果的爽脆和清香微甜之间，辣椒粉横冲直撞,像一位外表甜美的野蛮女友,让人爱恨交加,欲罢不能。

COWPEA

30 豇豆

豇豆

Vigna unguiculata (Linn.)Walp

豇豆

别名：豆角。豆科豇豆属植物，分为长豇豆和饭豇豆两种。一年生缠绕、草质藤本或近直立草本，有时顶端缠绕状。荚果下垂，直立或斜展，线形。花期5–8月。

八月，晴好的阳光坦坦荡荡，像孩子欢快的笑声一样爽朗，让人欣喜。这样的天气，适合把被子晒得蓬蓬松松的，每一根丝絮里都沾满阳光的香味；适合搬把椅子，坐在檐下，听熏风送来风铃叮叮叮叮的脆响；还适合做一坛散发着日光香味的酸豇豆。

豇豆长得美，有一种寻常人家秀巧温润的气质。“谷雨前后，种瓜点豆”，豇豆点栽下去后，到了春末夏初，就开出了浅紫色的花，花瓣轻巧，花茎细软，只要有风，就像蝴蝶在绿叶间翩跹。到了夏末秋初，嫩绿细长的豇豆便可采摘了。豇豆在南方被称为豆角。我刚到北京时，去北京的菜市场买菜，我说要买豆角，菜贩给我四季豆；我说要四季豆，他又递给我另一种豆子。我说买芸豆，他让我上杂粮铺，其实我要买的就是摆放在他面前的“扁豆”。光是买几种豆子，名称的沟通已经把人累得汗涔涔，京城不易居。

豇豆是很家常的菜，我买回来，有时是切碎了煎鸡蛋，或者炒肉末；如果切长段，则用五花肉炝焖，又或者只是简单地焯水，香油酱油薄醋蒜泥一拌，碧绿清脆。还喜欢将豇豆切碎了炒至六七成熟，拌上肉馅，包饺子，爽口不腻。

湘菜中有一道瓿豆角炒肉。瓿，是豆角的一种制作方法。将开水焯烫后的豆角用冷水洗干净后，在阳光下曝晒至发白，七八成干的样子，然后加盐揉搓，放入坛子里让其自然发酵。豆角会发酵至微酸，但又不至于酸得过分。吃的时候和肥瘦兼半的肉末、拍蒜一起翻炒，如果正当青蒜苗季，出锅前加入青绿的蒜苗，更是色香味俱全。不只是豆角可以瓿，辣椒、茄子等都可以用同样的方法制作。

如果想更简单一些，那就将豇豆焯水后，晾上一阵，等到豆角半干发皱时，加干辣椒和腊肉炒，豆角爽脆，腊肉鲜香，这样的一道菜，可以用来当“饭杀手”。

我在桂林的市场上买到过晒干的豇豆干，做菜前要先把豆角干用水泡软，然后和切成块的五花肉一起红烧，豆角干饱吸了红烧肉的鲜香，比红烧肉更受欢迎。这样的豆角干在《红楼梦》里也提起过。第四十二回里，平儿送了刘姥姥半炕的东西，刘姥姥欲就还推，平儿便笑道：“休说外话，咱们都是自己人，我才这样。你放心收了罢，我还和你要东西呢。到年下，你只把你们晒的那个灰条菜干子和豇豆、扁豆、茄子、葫芦条儿各样干菜带些来，我们这里上上下下都爱吃。”

除了豇豆，很多食材都可以利用阳光和天气的恩赐，把美味换一种方式留存，这是生活的智慧，也是生活的乐趣。

此际，窗外，阳光正浓，半日前洗净晾晒在阳台的豇豆水分已经晾干。广西喜欢腌酸豆角，用来拌桂林米粉、生榨米粉，或者切碎了炒干鱼仔，炒肉末，都极受欢迎。身在北京，远离家乡，自己动手做一瓶酸豆角，吃的时候好像离家就近了一些。起酸坛太麻烦，我用的是最简便的方法，把豇豆洗净后晾干水，切碎段，放入洁净无油的玻璃瓶中，撒上海盐后密封，剩下的事，就交给阳光吧。

【大暑】

7 月 22 日 -24 日

腐草为萤

土润溽暑

大雨时行

三伏天，炎热席卷大地，枯草丛间，萤火虫卵化而出。天地间蒸腾着一股湿热的气流，地面潮湿，空气溽热，雷雨时至，消减着暑热，天气开始向秋过渡。

STAR ANISE

31

八角

八角

Illicium verum Hook. f.

八角

别名：大茴香、八角茴香、大料。木兰科八角属植物。

乔木，叶不整齐互生，花粉红至深红色，心皮多为 8，呈八角形。正糙果 3–5 月开花，9–10 月果熟，春糙果 8–10 月开花，翌年 3–4 月果熟，为著名的调味香料，味香甜。

古龙镇的马叫山位于大瑶山的余脉，分上马叫和下马叫。在广西众多的山里，马叫山实在是普通得不能再普通。马叫山上树木很多，但是山形瘦，秀气得有点儿单薄。单薄的马叫山这里一弯那里一拐，围出一小块山谷间的平地，广西把这样的地方称作“弄”。下马叫的弄里有一个小小的自然村，人不多，全是莫姓人家。山土很瘦，砖红色酸壤土和东北的黑色沃土没法比，可是一方水土养一方人，一方水土也培育一方风物，八角就喜欢这样偏酸性的红壤，村里人以种植八角为主业。马叫山虽然不高，但绵延很长。这里是北回归线上有名的香料种植区，烈日之下，整座山散发着各种植物的香气。

Illicium verum Hook. f.
八角

走进马叫山，会有种爱丽丝掉进兔子洞的感觉，郁郁葱葱纷繁的植物世界里，松树、杉树、椎树、枫树、梨树、山楂树、苦楝树、毛竹、高竹、白芷、高良姜……各种植物随意地生长，叶子支棱得到处都是，看多了成片成片的人工林，这份随意就像一个山野小姑娘，不做作，充满活力。七月的南方，虽然刚下过雨，天气仍然燠热，知了躲在树上，长鸣声此起彼伏。这个时节的每一棵植物，都如同得到上帝格外的恩宠，绿得像精灵。

山稔子这里一丛，那里一簇，如今正是山稔子成熟的季节，小杯状的果实已经从深紫转黑，忍不住要采上一把。山稔子的学名叫桃金娘，是小时候常见的零食，孟夏时节常常有农民挑到城里，用量斗量着卖，量斗是用凤尾竹做成的，短短的一截，五分钱能得一斗。山稔子剥去皮后，只得小小一丁甜甜的瓤，其实没多少吃头，纯粹过个瘾。

半山腰处有很大的一片八角林，八角学名八角茴香，是生长在沙质酸性红壤土丘陵山区的常绿乔木，因果实形状多为八角星芒状而得名，但是我们在八角树上随便都能找到七只角、九只角、十一只角甚至十三只角的果实。八角是少有的“抱子怀胎”的树种，花果同株，每年可以采收两季。春果收获的时候，秋果的花已经在树上开放；当秋果绿油油、胖嘟嘟结满枝头，叶间又已经绽开了春果的红色小花。八角的香气浓郁带甜，我国北方地区习惯把它叫大料，是卤制肉类最关键的香料。

古龙人的生活是围绕着八角而展开的，从山下往山上的路都很窄小，而且七拐八弯的，上来护理颇为不易，这些村民原本居住的地方是在交通相对便利的乡镇边上，为着方便护理八角，他们还是迁居到了山里。没办法，谁让八角那么挑剔呢。挑地方，喜欢山地，海拔不低于 300 米，但也最好别超过 700 米；挑土壤，喜欢砖红色的酸壤土；挑气候，白天需要充足的日照和雨量，晚上需要稳定的雾气。有人想图个方便舒适，把八角树移植到山下，八角便光长叶子，不开花也不结果，好好的经济作物变成了园林绿植。

八角长在亚热带，却是喜欢潮湿，讨厌闷热。使用灭草剂容易造成热岛效应，所以山农们绝不会贪图省事而用灭草剂，他们用锄头，甚至只是用手拔除杂草，一双手伸出来，都是粗皮糙肉，满手的茧子像铁一样硬。

八角林边有一棵树，树干像茶杯口粗细，枝繁叶茂，结满了圆圆的保济丸般大小的果实。一路在山上转来转去，山民早已知道我对植物兴趣不小，便主动告诉我，这是山苍子。

哦，原来这便是山苍子，从前只听说过，吃到过，但没有见过它的植株。山苍子又叫木姜子、山胡椒，贵州酸汤鱼的汤里那种似柠檬又不是柠檬的辛香味便是山苍子的味道，不过，马叫山的山民并不食用山苍子，只是平常肚子疼的时候吃上几颗，“很有效”。他们用山苍子榨油，除了八角，山苍子油是他们的另一项比较大的经济收入。

节气已迈入大暑，山苍子的花期早已经过去。山苍子开淡黄色的花，花不大，山民语词不丰富，不知道该怎么对我形容，只是不停地说，很好看，很好看。看他认真的态度，我相信山苍子的花一定是很美的。

5

JASMINE

32 茉莉

茉莉

Jasminum sambac (L.) Ait.

茉莉

木樨科素馨属植物。直立或攀援灌木，叶对生，单叶，叶片纸质，圆形、椭圆形、卵状椭圆形或倒卵形，聚伞花序顶生，通常有花 3 朵，有时单花或多达 5 朵；花冠白色，花期 5–8 月，果期 7–9 月。花极芳香，为著名的花茶原料及重要的香精原料。

茉莉花一年中有四个高峰花期，称为“花汛”，在花汛七天的时间里，茉莉花多朵大花香浓。我到横县的时候，正赶上八月里茉莉的“伏花汛”，八月的“伏花汛”里出产的茉莉花芳香油含量最高，是窨制花茶、制作精油的上品。

茉莉是木樨科素馨属植物，原产地是印度和巴基斯坦，引种到中国已有一千七百多年的历史。“山塘日日花成市，园客家家雪满田”，在横县，可以看到上万亩的大片田地，但地里栽的不是稻子，而是上百万株茉莉。采摘茉莉很讲究天气，必须选择天气晴好的日子，如果是阴天，空气湿

Jasminum sambac (L.) Ait.

茉莉

度大，水分重，茉莉花的花香就变得散淡，这样的茉莉花卖不出好价钱，若是被大雨淋过，更是分文不值。早晨，太阳升起，露水消散，花农便开始在花田里采摘茉莉花花蕾。蓝天白云之下，花田里细小的白花如珠玉似繁星，远远看去，花农头戴斗笠，身揹背篓，双手在花丛间一啄一起，像一幅岁月静好的图画。一旦走近，你会被花农们的装扮吓一跳：在将近 40 摄氏度的炎日高温之下，他们穿着长衣长裤，套着袖套，手上还戴着手套。花农从上午 9 点开始采摘，到下午 5 点把花送到市场，连续采花一天，一亩花田大约可以收获 15 公斤花蕾。

在广西，茉莉并不稀罕，长情的人喜欢种茉莉，说茉莉是“莫离”。做生意的讲究口彩，家中就不愿意种茉莉，嫌茉莉谐着“没利”的音。更多的人就是单纯地喜欢它香气浓郁，花期又长，能从谷雨一直开到立秋，而且好打理，不需费太多工夫。

茉莉花素净，没有纤扬欲飞之态，白色的花朵，连花瓣都中规中矩，但花香却惊人，茉莉花香之浓郁，鲜有其他花类能敌，和它素淡内敛的长相完全不搭，像长相斯文的女子，性子却烈。南宋江奎闻过茉莉的香气后便发誓，“他年我若修花史，列作人间第一香”。

茉莉除了能赏，最常见的是用于窨茶。将茶叶和茉莉花混合在一起，一呼一吸之间，茶味和花香氤氲交融，气息相染。为了达到最好的效果，采花的时间就要十分讲究。茉莉花在夜晚吐香，那些已经开放的花朵，芳香油大部分已经自然散发，这样的花是要被花农放弃的。花农们只采那些花蕾饱实、已经褪青转白正含苞待放的“当天花”，他们在晴天高温下摘取，夜晚来临，这些已经离枝的花朵才慢慢绽放，吐露芬芳。

因为茉莉花香，所以除了窨茶，人们还想了好多方法加以利用。我国的文学大师周瘦鹃的家里 “常取茉莉花去蒂，浸横泾白酒中，和以细砂白糖，一个月后取饮，清芬沁脾” 。清代顾仲的《养小录》记有“茉莉汤”的做法，是将涂了蜂蜜的碗与盛茉莉花的碗相扣在一起，窨香半日，然后将开水冲入蜂蜜中，便是一盏带着茉莉花香的蜂蜜饮。顾仲还提到说茉莉和豆腐一起熬煮，是绝品。

横县的很多饭店都推出茉莉花菜肴，用茉莉花包饺子，做糕点，或者用茉莉花炒肉，炖汤。北京有句俏皮话——“茉莉花喂骆驼”，意思和“猪八戒吃人参果”差不多，我对这话倒是不以为然，猪八戒吃人参果是浪费，茉莉花苦涩，骆驼也未必爱吃呢。其实，茉莉花不光花瓣涩苦，香气还过于浓郁，与其他食材有点格格不入，难以融合，并非入肴的好材料。这样又香又美的花，为什么非得吃到肚子里呢?

傍晚时分我离开横县，就手从碟中抓起一把茉莉花蕾揣在衣袋里。归途中，花香开始慢慢释出，掏出来看，花已然半开。

上高中时，学校图书馆外的花槽里种了一溜儿的茉莉，晚饭后我和小伙伴散步，总忍不住揪上几朵放在兜里或夹在书中，整堂晚自习都能嗅到幽幽的香，恰到好处。过一两日再想起，原本白得精神爽利的花朵已经萎黄，书页上留一痕浅黄发旧的印子，香是早已逝了。我忍不住摇下车窗，车窗外，夜凉如水，繁星如目，地上黑黝黝的茉莉花田被快速地甩在身后。其实是看不清的，不过是长夏风起，送来满野熏和的香。不过，那香也大抵是想象吧，毕竟花田离了公路那么远。倒是那一小捧从宾馆带走的茉莉花散发出越来越浓的馨香，流动着充盈了车里的空间。想着星空下那十万亩晴雪万点的翠丛，眼皮渐渐发重，“情味于人最浓处，梦回犹觉鬓边香”。

FIREFLY,GLOWWORM.

33 萤火虫 腐草生花

萤火虫

鞘翅目萤科，小型甲虫。因其尾部能发出光如荧，故名为萤火虫。

这种尾部能发光的昆虫，有近 2000 种，我国较常见的有黑萤、姬红萤、窗胸萤等。

成虫发光有引诱异性的作用。幼虫捕食蜗牛和小昆虫，喜栖于温暖潮湿、草木繁盛的地方。

腐草生花，生的是什么花呢？微小，但不渺小，盛开在夏夜，流放着星星一样的光芒。

是的，它不是花，它是萤，是深夏夜里飞舞在空中，比花更美的萤火虫。萤火虫又叫“宵烛”和“耀夜”，当这点点烛光袅袅地在静夜里穿梭时，凉爽的秋便不远了。

我小时候没有见过萤火虫，有人说，没有见过萤火虫的童年不完整，从这个意义上来说的话，我的童年是留有遗憾的，我只能从书上领略那种把萤火虫捉来放在蚊帐里，熄了灯火，静坐帐中如同看星星飞翔的浪漫，和把萤火虫装在鸡蛋壳里做成萤火虫灯笼的快乐。

儿子八岁那年的一个夏夜，我们在小区里散步，经过一小片竹林时，他突然问：“妈妈，那是萤火虫吗？”

我顺着他手指的方向，只看见一片黑暗。“那儿，那儿——”他压低声音兴奋地不停叫着，好像怕惊动了黑暗中的精灵。我极力让视线专注，终于看见一星黄色的微小光影在飘动，等到眼睛适应之后，我才发现，有点点微光在流动，那是十多只萤火虫在飞舞吧？我忍不住放声大笑，这就是我一直只在书上看到过的萤火虫啊！我在儿子的帮助下，终于看到了这夜空中最亮的“星”，感谢亲爱的孩子帮我补上了童年的一角空白。

广西的乐业县是一个美丽的地方，连地名都像诗。从花坪乡到雅长乡要经过一条山路，路的一边是大山，另一边是宽而深的沟谷。这条山路是乐业县和外界的连通，白天很多车辆经过，夜晚却非常安静。尾夏的风，吹到手臂上有干凉的感觉。山路上，隐约可见萤火虫在飞，这里一星，那里一点。可是转过一个弯，眼前梦幻般的景象却让人无法相信自己的眼睛：贴着山体，无数萤火虫上下飞舞，像一条宽阔流动的瀑布。再转眼看沟谷，满满的，全是流萤啊，仿佛天上的银河落到凡间。

这番奇观，是一位“植物人”告诉我的，我听来只觉如听天书。那些个被壮丽的流萤景象深深震撼的夜晚，“植物人”心里一直有个愿望：和妻女早日团聚，一家人一起看看这魔幻的景象。

“那——她们看到了吗？”

后来，“植物人”的太太和女儿也到花坪来了，一家人终于团聚。但是这些年，当地为了发展经济，大种果树，其他一些的人类活动也慢慢多了起来。萤火虫是靠发出光亮来示爱的，在我们眼里看起来没有什么差别的萤光，其实并不一样，雄虫的光黄中偏绿，雌虫的光黄中偏橙，也许是人类活动的灯光造成了萤火虫对昼夜的错觉，影响了它们表达爱的语言，这几年，萤火虫慢慢地越来越少，那样的景象他们再也没有遇见过。

我听着只觉怅然。

熠耀宵行，不可畏也，伊可怀也。

【立秋】

8 月 7 日 -9 日

凉风至

白露降

寒蝉鸣

天气依旧闷热，但早晚都吹拂起凉爽的风。清晨时分，户外的植物上凝结着一颗颗晶莹的露珠。这时候的蝉（寒蝉和夏蝉是不同品种），食物充足，温度适宜，在微风吹动的树枝上得意地鸣叫着，好像告诉人们炎热的夏天过去了。

GINGER

34

姜属植物

山柰

黄姜花

生姜

Zingiber officinale Rosc.

生姜

姜科姜属多年生草本植物。开黄绿色花，根茎肥厚，多分枝，有芳香及辛辣味。根茎供药用，鲜品或干品可作烹调配料或制成酱菜、糖姜。茎、叶、根茎均可提取芳香油。

大暑之后，菜市里就可以买到嫩姜了。每年从这个时候开始，我们家的餐桌上几乎顿顿不离嫩姜：搭配荤菜，炒鸭、炒牛肉。或者切细丝，先热油爆香豆豉，加入姜丝，快速起锅，下饭的好菜。

嫩姜又叫子姜，比起老姜，子姜水分多，口感脆，辣得也微弱。能够享用新鲜子姜的时间不长，从上市到落市，前后不过近两月，所以每年我都会买来很多，用腌制的方法来延长这短暂的鲜味。先把子姜用清水洗净后晾干水，再切成薄片，薄盐、重糖加适量的醋调和后，装入密封罐放在冰箱里，可以保存经年。酸酸甜甜的子姜既驱寒，又解腻，也可以用来做菜，切丝炒牛肉、炒鸭肉、焖醋鱼、煮五柳蛋，鲜中带酸，百转千回。

Zingiber officinale Rosc.

生姜

外国人做菜似乎很少放姜，我想得起来的就是姜汁蛋糕和姜汁饼。但是姜在中国人的生活中却不可或缺，孔子就提过，“不撤姜食”，每顿都要有姜，除了姜能去腥膻、通阳祛寒外，朱熹后来又加以补充说，这是因为姜“通神明，去秽恶，故不撤”。确实，生活中家家户户从年头到年尾，每一天都要用到姜，蒸鱼炒肉炖汤少不了，受寒着凉了，烧一大锅姜水泡脚泡澡，或者拍两块姜，加红糖烧开喝下去，发一身汗，马上神清气爽；用姜来做甜品，味道特别香，喝下去，全身都暖乎乎的，人也变得慵懒起来，姜尤其厚爱女子，每天一碗姜糖鸡蛋甜酒酿，青春不老，红粉飞花。

苏东坡写过一首诗，实际上更像一个药方：“一斤生姜半斤枣，二两白盐三两草，丁香沉香各半两，四两茴香一处捣。煎也好，泡也好，修合此药胜如宝。每日清晨饮一杯，一生容颜都不老。”被当作“驻颜不老方”收录在《苏沈良方》中。说的都是大白话，明白易懂，但杭州净慈寺住持的方子更简便，就只是每日用连皮嫩姜切片，温水送服。当然啦，贵在坚持。

有一年夏天到芝加哥旅游，这个城市充满了艺术与活力，蓝的天白的云，密歇根湖在阳光下碎金一样闪着光。修拉、莫奈、雷诺阿和凡高们，中国的瓷器，芝大的校园，《芝加哥论坛报》大楼墙体上镶嵌着长城的砖、柏林墙的石、纽约世贸中心的碎片，再逛一逛附近的手作市集，傍晚时分坐在千禧公园的草坪上欣赏一场音乐会。

时尚与艺术的盛宴令人心醉，吃饭却成了我的大问题。儿子倒是无所谓，

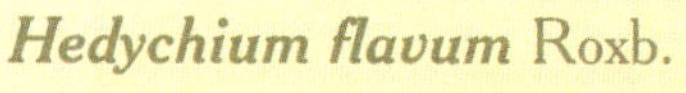

Hedychium flavum Roxb.

黄姜花

洋餐甘之如饴，我却早已娇惯出一副不离不弃的中国胃，在它濒临崩溃之际，幸而发现了一家泰餐馆。赶紧走进去点了一道蚝油牛肉、一道腐乳炒空心菜、一道春卷、一个菠萝饭，虽然明知必定是绝无意外的不正宗。蚝油牛肉上桌的时候，牛肉上铺了满满一层米白色的细丝，以为是笋，没想到一入口，竟是子姜！浓郁的姜味让我差点儿泪奔，整个胃立刻舒坦，有一种回到家的感觉。所以，姜，就是一种很中国的植物吧？至少在我看来，它是。

Hedychium flavum Roxb.

黄姜花

姜科姜花属植物。茎高 1.5–2 米；
叶片长圆状披针形或披针形，穗状花序长圆形，苞片覆瓦状排列，每一苞片内有花 3 朵；
花黄色，花期 8–9 月。花可浸提姜花浸膏，用于调合香精。

立秋，花坪黄猄洞天坑的谷底长满了野生黄姜花，叶子大而宽，植株高过人头，人走进去就看不见了。黄姜花喜欢生长在南方的林下阴湿处，夏末秋初正是花期，鹅黄色的花朵，颜色淡雅，花瓣软而薄，像一群黄色的蝴蝶停伫在绿色的茎干上。

同伴说，黄姜花的根茎可以用来做菜，炒了之后有一股特殊的香气。时常要进山记录植物的生长，难免遇到各种突如其来的状况，他总会随手带着刀，这时便派上了用场，用刀尖刨土，挖起几蔸黄姜花，打算中午多做一道菜。把老硬的外皮削去，切薄片，先焯水去涩，再下盐油炒牛肉，吃起来有股淡淡的樟脑香。这股带着樟脑香气的姜味我打小就熟悉，后来好像就从生活中突然消失了，如今再次品尝到这种滋味，有种“他乡遇故知”的惊喜。

此前我并不知道它有个这么文雅的名字，我只知道它叫“山姜”。小时候老家的亲戚进城时会捎来自己做的山姜橄榄和山姜杨桃。山姜橄榄是把橄榄和黄姜花的老根茎一起捣烂后加盐腌制，用来蒸鱼特别好吃。山姜杨桃则是将杨桃切条晒干后，和捣碎的黄姜花根茎一起搓盐腌渍，也可以蒸鱼，不过用来当白粥的佐食小菜更好，加点儿白糖拌一拌，滴几滴香麻油，炎炎苦夏仿佛就更容易度过。

我会特意把山姜挑出来吃，味道带点儿辛辣，还有股类似樟脑的香味。黄姜花根茎的辛辣和做菜的肉姜不一样，肉姜的辣猛烈而悠长，而黄姜花像调皮的孩子与你逗乐，咬一口，感觉舌头突然被刺了一下，有点儿发麻，然后便倏然而逝，为了找回那种感觉，你于是又会再去尝试一次。但吃多或吃得急了，胃里就有一股暖暖的感觉。

黄姜花的叶子够宽大，可以用来包粽子。不过山里路边都长着阔叶箬竹，黄姜花倒用不上了。我伸头过去闻黄姜花的花，微微的姜科植物的香，山民笑了，说：“花也可以吃。”“怎么吃？”“做凉菜。”

我摘了一片花瓣放嘴里，甜里带腥，甜味之后是一点儿涩涩的苦。

Kaempferia galanga L.

山柰

别名：沙姜、山辣。姜科山柰属植物。根茎块状，单生或数枚连接，淡绿色或绿白色，芳香。花白色，有香味，易凋谢，花期 8–9 月。

和大多数姜属植物一样，山柰的花期也是从夏末至仲秋。山柰开出的花非常美，白色的花瓣上有两抹纯粹的紫色，如果被雨水打过，花瓣便几近透明。山柰花早晨开放，中午凋落，和被称为“朝颜”的牵牛花一样花时短暂。

山柰又叫沙姜，喜欢温暖湿润的气候，冬天时收获的鲜茎是两广人吃白斩鸡时盐碟里少不了的一味，如果切片晒干，可以入药，不过更多的是用在炖肉、煮牛杂时增香去腥膻。

记得很小的时候，最喜欢吃大院里食堂师傅做的凉拌粉。粉是籼稻磨成米浆后一层一层蒸出来的，细滑有弹性。食堂的大师傅拿起一片粉皮，用一把大剪刀咔嚓咔嚓剪成半指宽，然后浇上一勺酱汁，以跑马般速度淋上一点儿花生油。只有这一勺酱汁，没有任何其他浇头，可是好吃得不得了，酱汁咸淡适宜，有一股说不清道不明的鲜香味，很诡异，明明品得到，待要细咂，却又无迹可寻。不时听到有人询问大师傅酱汁的秘诀，大师傅只笑而不答。没几年，大师傅退休，便再也吃不到这只有一

Kaempferia galanga L.

山柰

勺酱汁的凉拌粉了，后来的凉拌粉多了不少浇头，但再寻不回那种味道。在往后的岁月里，也曾对这样的滋味心心念念，却始终没有再遇上。有一次游肇庆鼎湖山，一天下来筋疲力尽，找了一家农家乐祭五脏庙，菜式和一般的农家乐没有太大区别，却意外在凉拌牛河里吃到了小时候熟悉的味道，想要捕捉，却倏忽而逝，就有点儿恍惚，到底是还是不是呢？急忙又吃第二口，确切无疑。到厨房请教主人，主人说：“大料、丁香、陈皮、山柰再加入姜、糖、酒一起熬，就能调出这种出神入化的味道。”

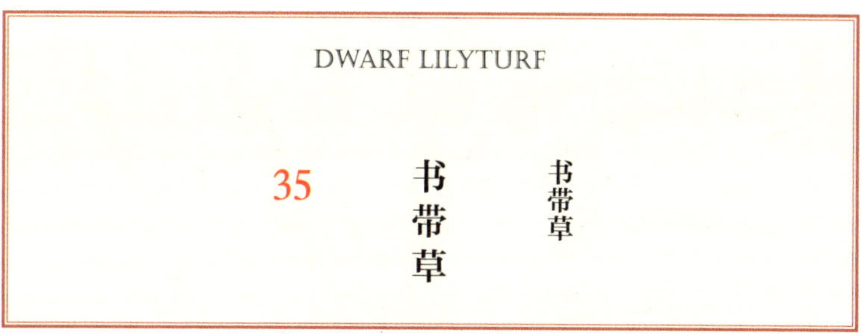

Ophiopogon japonicus (L. f.) Ker Gawl.

书带草

学名：沿阶草，又名山麦冬，百合科沿阶草属植物。叶基生成丛，禾叶状；花莛较叶稍短或几等长，总状花序长1–7厘米，具几朵至十几朵花；花期6–8月，果期8–10月。

Ophiopogon japonicus (L. f.) Ker Gawl.

书带草

3 夏至过半的时候，路边的书带草便开花了。带状的叶子葳蕤披拂，细长的花莛端庄多姿，粉紫色的花秀巧精致。到了大暑，已经开成片。立秋，书带草结出圆圆的小豌豆大小的果子，初时绿色，成熟后变成蓝紫色。

这片书带草是春天的时候新栽的。北方不像南方，随便什么植物种下去就生根发芽，还年年开花。在北方，因为天寒，很多植物无法越冬，所以每年都要新种不少植物。我上前向园林工人询问种的是什么，两位工人你看看我我看看你，回说不知道，有一位犹豫了一下说道，他去年也种过，只是不知道叫什么，夏天时会开花。

“开什么颜色的花呢？”我问。工人又想了一下说：“好像是很浅的紫色，听说可以做药。”我仔细看了看，小苗细细的叶子是带状的，开淡紫色花，又能做药，不会是书带草吧？我问工人可不可以给我一棵，他们很大方地递过来一小撮，大概有四五棵的样子，还一挥手豪迈地说道：“才一棵？几棵都行，草嘛！”被工人如此小看的草却让李渔抱憾，他在《闲情偶寄》里说，“书带草其名极佳，苦不得见”。

书带草一名据说缘自汉代经学大家郑玄郑康成。传说黄巾军起义后，郑玄避到胶东的不其山设书院讲学，他常常在书院附近采一种细长而韧的草来捆绑书籍，久而久之，人们便把这种草叫书带草，也叫郑公草。书带草和郑公草这两个名字过于文雅，可能很多人并不知道它就是我们平常见惯的沿阶草，这种百合科的草本植物生命力非常顽强，不挑土壤不择气候，蓬勃茂密，楚楚有致，终年常青，很早就被我们的祖先用来作为园林植物种在墙阴石隙间，起修正和补白的作用。李渔说苦不得见，恐怕也是想不到一个有着这么文雅名称的草竟然就是平常路边随处可见的普普通通的草吧。

书带草还有一个名字叫麦门冬，它纺锤形的小块根像一粒粒缩小了很多倍的番薯，用作中药时称之麦冬。

小时体弱，时常被母亲领着去看中医，和医生们混得跟熟人似的。不忙的时候，药师们还让我认那一格格小抽屉上的字：车前草、生地、熟地、当归、玉竹、麦冬……不时拿一两片甘草给我吃，当作一种对孩子友善的举动，其实我很讨厌甘草那种说甜不是甜的味道，更何况还沾染了其他中药的浓浓药味。

反倒是喜欢麦冬，味道清淡，熬药之后口感有点儿绵又带点儿脆。麦冬的功用在清心润肺，益胃生津，不过小时候哪懂这些呢，只是觉得它长得可爱，像微型小红薯，而且好吃，就喜欢从药渣里把它一颗颗挑出来吃掉。长大后听人说，药渣应该倒在路上让过路人踩，才可以把病带走。我从来不知道这个习俗，估计我妈也不知道，所以由着我挑挑拣拣照吃不误。长大后，身体倒是慢慢好了。

周杰伦在《本草纲目》里唱道："马钱子决明子苍耳子还有莲子黄药子苦豆子川楝子，山药当归枸杞，已扎根数千年的汉方，有别人不知道的力量……"对我来说，我清楚地知道这种力量，每认识一种植物，总会在它生物属性的另一端，发现与生活和情感牵连不断的关系，或者想起亲友，或者记起家乡。

【处暑】

8 月 22 日 -24 日

鹰乃祭鸟

天地始肃

禾乃登

暑热即将过去，时有凉风拂面，气候变凉。老鹰开始大量地捕猎鸟类。谷黍类作物开始饱满成熟。而这时候，自然界的植物开始逐渐凋零，天地间万物一片肃然。

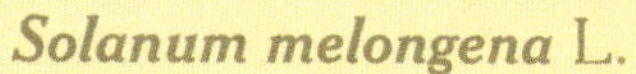

Solanum melongena L.

茄子

EGGPLANT

36 茄子

茄子

Solanum melongena L.

茄子

别名：落苏、矮瓜，茄科茄属植物，直立分枝草本至亚灌木，高可达 1 米，叶大，卵形至长圆状卵形，本种因经长期栽培而变异极大，花有白花、紫花，果的形状有长或圆，颜色有白、红、紫等，一般栽培供食用的有长形及圆形（var. esculentum Nees），原产阿拉伯。

夏天过半的时候，新鲜茄子便上市了。

我觉得茄子长得很漂亮，颀长又圆润的身材，外皮光滑油亮，茄子的紫色实在迷人，以至于忍不住会想，“茄子”会不会是“茄紫”的误写？这种颜色的天鹅绒面料不论是用来做旗袍或做礼服，都像王后一样高贵。

但是茄子比王后有包容的气度，能经受住蒸、煎、炒、煲、炸、酿各种考验，茄子素烹不露怯，大大方方，自自然然。若是加肉末、咸鱼丁焖炒或做煲仔，也不喧宾夺主，反而兼收并蓄，有这份接纳的诚心，吸收了肉香和鱼香，普普通通的茄子变得出类拔萃。

茄子原产印度，在魏晋南北朝时传入我国，最初只是圆茄子，到了元末才培育出长茄子。在南方，产的多是长茄子，我是到北京后才第一次见到圆茄子。前几日，同学出差到北京，买了圆茄带回广西，她十五岁的女儿第一次见到圆形的茄子，兴奋得直转圈。在我的家乡，茄子有个丑丑的名字叫“矮瓜”，我不明白为什么取了这么个名字，感觉它和黄瓜、八棱丝瓜差不多“高矮”，其实茄子有个美美的名字叫“落苏”。

据说从前的长茄子，第一次开花只结两个，称之为“根茄”，第二次开花结四个，叫“四门斗”，第三次开花后结出的茄子数量多但个头小，叫“满天星”。如果茄子结得少，民间就会“嫁茄子”。段成式在《酉阳杂俎》里就记载了这个习俗：“欲其子繁，候其花时，取叶布于过路，以灰规之，人践之，子必繁也。俗谓嫁茄子。”

在古代人的生活中，和自然万物的结合比我们今天要紧密，所以他们常常会像对待子女一样来对待身边的植物。比如在《齐民要术》里就说，正月初一日出时，用刀斧把枣树的树干敲打得斑斑驳驳的，来年就能多结果，这叫“嫁枣”。其他的果树也能嫁，《文昌杂录》里说有人家种的杏树光开花不结果，媒人就对主人说，明年春天把它嫁出去吧。到了冬天，媒人果真带着酒来了，给杏树系上一袭姑娘的裙子，还有板有眼地按照婚仪敬了酒，第二年春天的时候，这棵杏树果然花多果繁。

在上大学以前，我在家里吃到的茄子只有一种做法——酿茄子。我们家是客家人，父母喜欢做酿菜，酿菜的“酿”字虽然从“酉”旁，但这里却不是指经由发酵作用制造酒、醋、酱油，而是把一些原料填塞进另外一种原料中的制作过程。可用来做酿菜容器的食材很多：茄子、柚子皮、南瓜花、豆腐、油豆腐、苦瓜、莲藕……什么都可以酿。还有酿豆角的，酿豆角的工序比其他酿菜稍稍复杂一些，不是直接把肉酿进细细的豆角之中，而是将豇豆（长豆角）焯水使之柔软后，盘成莲花座一般，肉馅敦实地坐在中间。

做酿茄选的是长茄子，将洗净的茄子切成一指多宽的圆段，在中间切开一个口子，不切断，像小袋子一样，把肉馅夹在中间，肉馅的口味随自己喜欢。做好的酿茄，可以蒸食，也可以裹蛋糊油炸。

朋友的父母住在京郊，二老平日里闲得慌，又刨又锄地开垦了一块地种菜，收获了便送朋友。我也收到一份，有辣椒、四季豆、大葱，还有茄子。儿子一看见茄子就皱眉头：“学校里天天吃茄子，我都吃怕了。”

我能理解小朋友的恐惧，再好的东西也架不住天天吃。想起大三那年的夏天在乡下采风，乡里的食堂天天空心菜炒辣椒、辣椒炒空心菜，一个月没换过菜谱。那段时间，一到饭点就害怕，嘴巴断不肯将就，肚子却不得不屈服。

可是，茄子是个好东西，营养价值非常高，尤其是它所富含的维生素P，能使血管壁保持弹性，令很多水果蔬菜望尘莫及，所以，只凭孩子一句“吃怕了”，是难不倒一位母亲的。

把长茄子洗干净，整只上锅蒸至发软，用刀在中心剖开一道口子，把大量的香菜切碎，和以香麻油、蒜泥、生抽，酿入茄子中。油温五成热时放入茄子慢煎至软熟。上桌后，两只茄子的一多半都被叫嚷着吃怕了茄子的儿子津津有味地消灭掉了。这道菜的灵感来自于烤茄子。茄子放在炭火上烤软，点上蒜泥香油蚝油后，每次外出烧烤都会在瞬间被众人抢光。

我最喜欢的做法是把茄子放在饭上蒸。饭熟后，茄子也软烂了，用筷子扒成一丝丝的，香油蒜泥生抽一拌，简单易做，百吃不腻。炎炎夏日，这样的一道拌茄泥，云淡风轻，暑气尽消。

MIOGA GINGER

37 蘘荷

蘘荷

Zingiber mioga (Thunb.) Rosc.

蘘荷

姜科姜属植物。株高 0.5–1 米；根茎淡黄色。叶片椭圆状披针形或线状披针形，穗状花序椭圆形，苞片覆瓦状排列，椭圆形，红绿色，具紫脉，花期 8–10 月。嫩花序、嫩叶可当蔬菜。

我第一次知道蘘荷，是读安西水丸写的《常常旅行》，安西水丸是村上春树最欣赏的日本插画师，村上春树说，他的书能配上安西的画作，真的是非常幸福的文章。

安西水丸到处旅行，眼睛里看到很多别人不易发现的点滴，有的画下来，有的写出来。日本另一个同样有着孩童般天真和好奇心的作家是妹尾河童，走到哪里，就把有趣的事物、事情用笔留下来。都是潇洒可爱的人。安西水丸在《常常旅行》中提到日本诗人中原中也的诗集《往日念歌》，摘了一句诗人的诗，“今晚的月亮吃了太多的蘘荷”。就这样简单的一句，没有引述全诗，也没有写是什么时间，我猜诗人用这样的比喻，大概是想说月亮很圆。

安西水丸对蘘荷是有态度的，他说自己小时候最讨厌吃蘘荷。但蘘荷应该算得上是日本人家很平常的食物，寿岳章子在记录京都街巷人生的《千年繁华》中写过自己家中煮白萝卜丝配上油豆腐的味噌汤时，会搭配茗荷、秋葵、芋头、地瓜等，其中的茗荷就是蘘荷。这些书和诗的描述都让我对蘘荷充满了好奇，所以当我在八月中旬到乐业，知道当地就有蘘荷，而且此时正是能采食的季节时，兴奋极了，央求当地的朋友带我去看一看这慕名已久的植物。

于是我们到了烟蓬村，村子的名字很美，像从古诗里出来的，“最爱芦花经雨后，一蓬烟火饭鱼船”，小小的村有十来户人家，植物却铺天盖地。山路边黄姜花盛开，山坡上曼珠沙华花正艳红，阔叶箬竹蓬勃茂盛，蝉声叫啊叫啊，却把整个山间叫得更安静了。

Zingiber mioga (Thunb.) Rosc.

蘘荷

朋友带我们到老陈家，老陈便领着我们去看他种的蘘荷。蘘荷是一种多年生的姜科植物，在我国有着非常久远的栽种历史，楚辞《九叹·愍命》中有写道："折芳枝与琼华兮，树枳棘与薪柴。掘荃蕙与射干兮，耘藜藿与蘘荷"。荃、蕙、射干、藜和藿都是香草和药材。蘘荷在南方很多地方都能生长，一般长在山坡阴凉处。为了方便采摘，老陈把长在山里的野生蘘荷移种到离家比较近的洼地和小山坡上。

蘘荷可以食用的部位是它的花序，花序从根芽处长出来，没开花的时候，通体黑紫色，有拇指粗细，形状像一粒粒缩小版冬笋。老陈有时也采回家做菜，但大部分都是在圩日的时候拿到市场上去卖掉，一斤能卖五元钱。我跟着老陈采蘘荷，暗紫色的蘘荷花序和棕褐色的泥土颜色很近似，我半天看不到一棵。老陈的眼睛尖得很，一下子便摘了一大捧，还不时指点我，"这里有一个""那里有几个"，我实在汗颜，以我这样的速度，还没等采够出售的量，恐怕圩市就已经散了。

我们采了蘘荷，往家里走的时候，老陈指着路边一堆草问："野芹菜，要不要尝一尝？"我急忙回道："要的要的。"于是采了半篓。经过老陈家的小菜园，南瓜花金澄澄，老陈又问："南瓜苗、南瓜花，要不要？"我拼命点头："要的要的。"又采了一大把。

晚上老陈宰了一只鸭，快到农历七月十四了，鸭子正肥美，用自家腌制的酸藠头糟炒。煮饭的米是自家种的，山里气温低，一年只能收一造，米的品相不佳，却有着惊人的糯香口感，我本来要减肥，这时却放开肚皮，拌上蘘荷丝和藠头的酸汁，吃了一大碗。

蘘荷用青辣椒素炒，炒熟后变成紫红色，吃起来纤维略粗，但带着山野的味道和野菜的清气。花坪镇上的饭店炒蘘荷，是把蘘荷切丝后与干椒段、牛肉丝快炒出锅，虽然有肉味，蘘荷的清气却被肉味盖过了。炒熟的蘘荷还有着姜科植物特有的芳香，爽口不腻。不明白安西水丸为什么不喜欢吃，但世上事物甲之蜜糖乙之砒霜的情况实在也很多。

至于诗人中原中也，想来应该是喜欢蘘荷的，所以连带他笔下的月亮也爱吃蘘荷，一时贪多，就变得圆鼓鼓的了。蘘荷里隐藏着诗人生活中的小小兴味，这样的诗我是喜欢的。

PASSIONFLOWER

38 西番莲

大丽花
西番莲
百香果

Passiflora edulis Sims

百香果

别名：紫果西番莲、鸡蛋果，西番莲科西番莲属植物。草质藤本，叶纸质，掌状三深裂，花芳香；浆果卵球形，无毛，熟时紫色。花期 6 月，果期 11 月。

处暑的南方，节气上一只脚已经迈入秋季，但是溽热仍然逼人，每天汗涔涔的，难受。好在百香果已经成熟，因为一杯微酸香甜的百香果汁，溽暑就变得不是那么难熬。

百香果在我看来，是自然之手创造的一个奇迹。若是看过《神雕侠侣》，想必会记得公孙止的绝情谷里生长着一种 “似芙蓉而更香，如山花而增艳”的情花，情花的果实“或青或红，有的青红相杂，还生着细细茸毛，就如毛虫一般”“入口香甜，芳甘似蜜，更微有醺醺然的酒气”，这简直就是百香果的写照呀。

我第一次喝到百香果汁是在一位画家的家中，细品之下，若然有芒果、橘子、菠萝、菠萝蜜、番石榴、荔枝等一众水果之味。我以为是杂果汁，但画家说，这是他从老家带回来的百香果。我在心里偷偷笑：“到底是搞艺术创作的，想象力够丰富，不仅虚构了一种植物，还美其名曰‘百香’。”当时，以我的见识陋浅，实在想象不到大地上真能长出滋味如此丰郁的果子。

没过多久，仿佛一夜之间，百香果成了广西一种常见的植物。紫红发黑的外皮，分量很轻。用刀剖开外壳，现出里边黄色间杂着粒粒黑籽的瓤，水分并不多，但有浓郁异香。

百香果易活滥长，春天时，别人给了母亲一枝两尺余长的百香果枝条。母亲把它种在一个大花盆里，再用几根竹竿搭个棚架，枝条扦插后迅速成活，呼呼生长。盛夏七八月，百香果便开花了，花瓣如盛开的莲，花

Passiflora edulis Sims

百香果

丝紫白相间，卷曲如流苏。早开的花已经结果，一只只椭圆形青果垂挂在掌状三裂的叶片下。在这样一个比鸡蛋大不了多少的水果里，据分析竟有一百三十多种芳香物质，维生素含量丰富，酸甜可口。

百香果浓郁的香味和美艳的花朵像极了那些散发着热情、带点儿妖冶和不羁的热带女子，它的老家就在那些星罗棋布在加勒比海中的热带岛屿——安的列斯群岛上。海岛植物种类丰富，海风混杂着海盐、咖啡、月桂、热带水果的芬芳气息，诺贝尔文学奖得主圣琼・佩斯在这个流着香与蜜的海岛上度过了一生中的幼年时代，从他对海岛的描述，我仿佛看到一个童话世界一样的植物王国，这里有着“名称比英语更柔和、更青翠、更生机勃勃的树木”，山谷是以树木的名称来命名的，而“这些名称本身就是歌谣和故事”，人们早晨起床时可以听到两种语言，一种是小学生用英语朗诵，另一种是树木的语言。

Passiflora caerulea L.

西番莲

别名：时计草、转心莲、缠枝莲，西番莲科西番莲属植物。草质藤本；
叶掌状五深裂，花大，淡绿色，浆果卵圆球形至近圆球形，熟时橙黄色或黄色。
花期 5–7 月。

***Passiflora caerulea* L.**

西番莲

西番莲和百香果长得非常像，如果不留心，很容易混淆。在广西，西番莲不像百香果种得那么多，我也是在一次偶然见到时，因为对百香果长而卷曲的花丝印象深刻，而西番莲的花丝比较短直，才发现了它们之间的不同。其实，它们的区别不只在于花朵的形状，还在于叶子和果实，百香果的叶子是掌状三裂，果实为紫色，西番莲是掌状五裂，果实为橙黄色。

西番莲的萼片和花瓣的形状与莲花相像，所以西番莲又叫转心莲、缠枝莲，它还有个文雅的名叫“时计草”，大概是因为它的花盘像时钟的表盘，而中间的三个柱头像时针吧。

西番莲原产自南美洲，是在明末清初时随西方传教士进入中国的，它的花期长、花型美丽、花色淡雅，既可以大面积栽种，又可以缠枝绕柱作点缀，所以明末时期就已经是深得人们喜爱的园植。张岱在倾颓的老屋上修建梅花书屋，在一旁种上自己喜爱的植物，“西溪梅骨古劲，滇茶数茎妩媚，其旁梅根种西番莲，缠绕如璎珞”。

清代任伯年画过好几幅西番莲，有扇面，也有册页。《鸢尾西番莲》中画了鸢尾、西番莲和蔷薇，色调简逸淡雅，画中的西番莲，叶片五裂，虽是写意画却清晰分明，蓝紫色的花丝细致传神。

Dahlia pinnata Cav.

大丽花

Dahlia pinnata Cav.

大丽花

别名：天竺牡丹、西番莲（北京）、洋芍药，菊科大丽花属植物，多年生草本。头状花序大，花色繁，白色、红色或紫色，花期6–12月，果期9–10月。

史铁生曾在一篇文章中写到自家的院子里种着西番莲，“青砖铺成的十字甬道连接起四面的房屋，把院子隔成四块均等的土地，两块上面各有一棵枣树，另两块种满了西番莲。西番莲顾自开着硕大的花朵，蜜蜂在层叠的花瓣中间钻进钻出，嗡嗡地开采”。

我看到这段文字时的第一感觉是离奇，因为西番莲是热带的植物，按理说不太可能在温带的北京生长得如此繁茂。查阅《中国植物志》后发现，史铁生的“西番莲”是北京人对天竺牡丹的称呼，这种植物原产墨西哥，又叫洋芍药，在广西它的名字叫“大丽花”。

大丽花长相规矩，颜色浓艳，我小时候觉得它长得又呆又俗，对它甚为不喜，如今却觉得是一种朝气欣悦的模样，看着就叫人欢喜。有一次下乡走山路，已入初秋，除了满山白色的山合欢，就是一片浓绿，虽然有紫色和黄色的草花点缀其间，但甚是细小，忽然看见一户泥砖瓦顶的农家门前种了一大片大丽花，花色鲜艳，像刚刚过去的美丽夏日。

史铁生喜欢大丽花硕大的花朵，也时常在院里看枣树下落满移动的树影和细碎的枣花，看枣花覆盖地上的青苔，听蓝天上或者云彩里的声音。“我永远都看见那条小街，看见一个孩子站在门前的台阶上眺望。朝阳或是落日弄花了他的眼睛，浮起一群黑色的斑点，他闭上眼睛，有点怕，不知所措，很久，再睁开眼睛，啊好了，世界又是一片光明……”

植物是史铁生与世界的遇见，引领他在坐上轮椅之后，与世界重新交手相握。不光是他，我们每一个人也都在领受着大自然的牵引。我如此费尽周折去弄清楚百香果和西番莲之间的不同，弄明白西番莲（***Passiflora caerulea*** L.）和另一种西番莲（***Dahlia pinnata*** Cav. 大丽花）其实并不是同一种植物，到底能给我带来什么俗世中切实的好处呢？大抵是不能的。可是，在知道或不知道之间，还是有一些东西在悄悄地改变了我，于是眼中的世界便有了比以往多出来的一点点不同。

【白露】

9 月 7 日 -9 日

鸿雁来

玄鸟归

群鸟养羞

阴气渐重，露凝而白，鸿雁自北而来南，燕子（玄鸟）开始飞往更南的南方越冬。此时，众多鸟儿也感知到阴阳气息的转换，勤快地采集草籽果实储藏过冬。

Musa basjoo Siebold

芭蕉

BANANA

39 蕉 芭蕉 香蕉

Musa basjoo Siebold

芭蕉

芭蕉科芭蕉属植物，植株高2.5–4米。叶片长圆形，长2–3米，宽25–30厘米，叶面鲜绿色，有光泽；叶柄粗壮，长达30厘米。花序顶生，下垂；苞片红褐色或紫色。浆果长圆形，长5–7厘米，具3–5棱，近无柄，肉质，内具多数种子。

Musa nana Lour.

香蕉

芭蕉科芭蕉属植物，又指其果实。大型草本，从根状茎发出，由叶鞘下部形成假秆；叶长圆形至椭圆形。穗状花序大，由假秆顶端抽出，花多数，淡黄色；果序弯垂，结果10–20串，约50–150个。植株结果后枯死，由根状茎长出的吸根继续繁殖，每一根株可活多年。热带地区广泛栽培食用，终年可收获。

在广西、广东和海南等地，常常能看到芭蕉的身影，乡里田边、公路两旁、庭院角落、窗前墙边，又长又大的叶子婆婆娑娑，绿荫如盖，夏天的时候，有了芭蕉，就感觉多出些清凉，长夏便容易过去些。

和众多的花草树木相比，芭蕉的长相真算不得婀娜，姿态称不上纤致，粗枝大叶的，尤其是秋冬时节，老叶发黄，大片的叶子耷拉下来，就甚至有点潦草的感觉。其实芭蕉是好看的，它是另一种美，一种大气的疏朗，大大方方，不枝不蔓，不娇不妖。

《红楼梦》里元春回家省亲，众人陪着在大观园里赋诗题额，宝玉作诗“怡红院”，被薛宝钗瞥见“绿玉春犹卷”一句，便劝他把“玉”字改为“蜡”。这“绿蜡”一词，出处在唐代钱珝的咏芭蕉诗，“冷烛无烟绿蜡干，芳心犹卷怯春寒。一缄书札藏何事，会被东风暗拆看”。卷起的蕉叶虽然如同一封深藏少女情愫的书笺，可是和煦的东风吹来，蕉叶还是要徐徐展开，这是一封被春风私拆的书笺，展露在无边的春色之中。

芭蕉叶刚长出来的时候，叶片是卷曲不展的。老舍先生家中有四幅白石老人的画屏，其中一幅是芭蕉，据说老舍先生原本想让白石老人画蕉叶卷心，但老人想不起蕉叶是左旋还是右旋，便坚决不肯画。我看书看到这一段，也使劲想了一下，芭蕉叶未展之时到底是左旋还是右旋，始终想不起来。可见，说熟悉的地方无风景，倒也没说错。

记得上高中那年，广西的香蕉大丰收。香蕉多收了三五斗，蕉农却苦不堪言，香蕉多了，价就贱，五分钱一斤，有些男生买一斤还蹲着吃上半斤，蕉农也没有神气去理会。香蕉经不得放，不吃也烂掉，他们看不得自己的劳动成果被浪费糟蹋掉。我们每天下了课就跑到校门口买，当饭吃，吃到后来很长的一段时间里，听到香蕉二字都腻得慌。我有一次说起这段经历，朋友听得愣了神。半天才说，从小在新疆长大，新疆有座火焰山，所以对于芭蕉，就只知道《西游记》里铁扇公主那把芭蕉扇，可大可小，还可以灭火焰山的火，神物一般。直到到了北京上大学，才第一次吃到香蕉。又过了好多年，才在南方见到芭蕉，原来这竟是两种不一样的植物，而且芭蕉还能分出很多品种。

确实，离开两广，可能很多人会以为香蕉和芭蕉是一回事，但是在两广，两者泾渭分明。从植株上来说，芭蕉高大，茎黄绿色，香蕉个矮，茎绿色。从品种上说，芭蕉的品种也更多些。如果撇开营养成分啊什么的，光从口感来说，香蕉香甜，但也就是香和甜了；芭蕉的口感更丰富细腻，味道更有层次，还带着一种野野的香气。

两广人对芭蕉使用的量词很独特，刚从树上割下的整串芭蕉，量词是“弓”，一弓芭蕉上有很多“梳”芭蕉，芭蕉弯弯的，一根根排列整齐，用“梳”来形容，实在是精准又形象。每株芭蕉只有“一朵花”，这朵“大花”其实是一个复合的花序，有许多节，每个节上有一个苞片，每个苞片里有很多朵连成排的花，每一朵花下有子房，这个子房最后会发育成我们吃到的蕉。落一片苞片结一梳蕉，结到十串左右便停止了，但花序还会继续长大，有的农民将它割了丢掉，也有人拿来做菜。

先烧开水焯去芭蕉花序的苦涩味，然后切丝炒熟，做法并不复杂。可以搭配炒肉丝，也可以做凉拌菜。这样的菜农民平常是不吃的，只是在当初那个困难年代用来保命，那个时候，芭蕉心也被当作食粮，像芋头一样切作一块块煮了吃，味道就谈不上了，保命而已。如今生活不愁吃穿了，这些反倒都成了饭店里的有机菜。

芭蕉一旦结了蕉实，这株茎就不会再结果，农民会把它从根部砍掉，其后，从根部又会重新长出新的茎。砍掉的蕉叶是好东西，古时候文人墨客喜欢在芭蕉叶上题诗，唐代大书法家怀素和尚年轻时家贫，没有钱买纸练字，就用寺庙旁的蕉叶为纸，苦练狂草，终于练成被誉为“铁钩银划”的绝世书法。

普通人家则喜欢用芭蕉叶来包糍粑、蒸米饭。壮族过年时要杀年猪，然后做一种血肠，把它叫“龙贡”。做“龙贡”时，将新鲜猪血混以蒸熟的糯米、荞麦粉、焙过后碾碎的花生、炼过的猪油渣切碎，调味搅拌，然后灌入猪大肠中，用绳系紧口子以免泄漏。在锅中放半锅水烧至半开，锅底铺上两张芭蕉叶，一是防粘锅底，二是借蕉叶的清香。

芭蕉和雨是绝配，蕉叶阔大，雨落在上面，点点滴滴，滴滴答答，不是木琴那种尖脆的声音，是哑哑的，所以像一番倾诉，空阶滴到明，都是道不尽的悲愁、孤独和幽怨。芭蕉如有知，恐怕会哑然失笑：“我本是天地间疏疏朗朗的花木兰，却被你们当成了见风起愁的林妹妹。”

不过那都是诗人、词人为赋新词强说愁了，两广人是能从这叶子上读透人生况味的，他们在遇到棘手的事情时常常会说，“最大不过芭蕉叶”，能有多大的事呢，大得过芭蕉叶？有一种天掉下来当被子盖的豁朗。

WAX GOURD

40 冬瓜

冬瓜

***Benincasa hispida* (Thunb.) Cogn.**

冬瓜

葫芦科冬瓜属植物。一年生蔓生或架生草本；茎被黄褐色硬毛及长柔毛，有棱沟。花冠黄色，辐状，果实长圆柱状或近球状。

时已进白露，手臂粗细的冬瓜长长地挂在藤上，田里偶尔还能零星看到三两朵迟开的冬瓜花，阳光下“嗡嗡”飞过一只蜜蜂，茸毛清晰可见，停落在一朵瓜花上，在花蕊间忙碌，它嗅闻着花粉的苦香，风向我送来泥土的气息。不管什么时候走在乡下，心情总是愉悦的，新鲜的空气，满眼的生机，人有轻松欲飞的感觉。农民播下种子，付出辛劳和汗水，作物经由人力、土地、阳光、水分和时间，生长并结出果实，这样一种人与物以及自然的合作，每次一想到都能深深打动我。

高山村是一个古老而安静的村落。村头的大榕树下坐着几位闲谈的村民，一位老人脸上盖了把大蒲扇挡住天光，在大青石板上酣然而卧。村子里

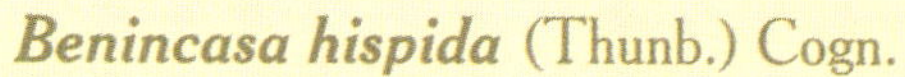

***Benincasa hispida* (Thunb.) Cogn.**

冬瓜

留下很多明清老屋，院子、地上、墙头、瓦顶，到处芳草萋萋，屋头梁角都描着画、刻着字，结满了蛛网，落满了灰尘，断井颓垣，但掩不住当年姹紫嫣红开遍的风光。其中一户老宅，屋顶檐头的图案和别家不同，不雕龙不饰凤，却雕了普普通通的母鸡，寓意是鸡生蛋蛋生鸡，繁衍不绝，换个文气的说法，便是椒衍瓜绵，子孙后嗣像花椒一样繁盛，家族荣华像瓜藤一样绵延不绝。后院的边檐装饰了一个石柚子，取“有子”之兆。走在这样的院子，像走入另一些人的人生，物是人非，夙愿仍在。天突然下起大雨，我赶紧走进村子的宗祠去避雨，宗祠里有人在展示錾茶泡，简单地说就是用几十样工具把瓜片做成泡茶伴侣。

玉林茶泡的历史很久远，据说起于宋而兴于清，是过去玉林人娶媳妇时，新妇进门为公婆及嘉宾奉茶的茶点。小时候，在离家不远的大府园和佛教会的巷口，都有茶泡出售，茶泡的花样很多，“双石榴”寓意多子多福，“灯笼”象征喜庆欢乐，“荷花”是岁月静好，“桂花”是富贵吉祥……茶泡制作工艺繁杂，加之生活节奏越来越快，这样的风俗如今已不多见。前两年有一个年轻人说起自己的外婆邀约着几位当年的发小，几位白发苍苍的老人一起手工制作了在婚礼上用的茶泡。走过了漫长岁月的外婆，在外孙女出嫁的时候，一定也想起了自己的年轻岁月吧？从自己的父母那里接过美好的祝福，如今，也想把同样甜蜜的祝愿转交给自己的孙辈，这薄薄一片雪白的茶泡里，承载着老人多么深厚的祈愿。生命的延续，因为有这份情渗透在里边，是不论走得多么远，都会牵着我们回望的吧。

茶泡是用石瓜来做的，石瓜是冬瓜的一个变种，和我们常吃的黑皮冬瓜相比，黑皮冬瓜圆肥，质地绵软，石瓜个头比黑皮冬瓜瘦长，瓜身上有一层白色的霜,质地紧实,所以当地人给了它一个形象的名字叫“石瓜”,像石头一样硬的瓜。黑皮冬瓜可以做冬瓜糖，但茶泡就必须使用石瓜，冬瓜水分大，制作时容易烂，制作之后也不易保持花型。

石瓜的质地致密，瓜肉颜色像飘青花的白玉，最适合用来做茶泡。錾茶泡有一套专门的用具，铜制的小刀小铲，尖角、弧形、平直，总共有39 把之多。首先将石瓜用刀剖修成一厘米厚五厘米见方的瓜坯，然后在瓜坯上錾刻。在宗祠里展示錾茶泡的师傅的手艺缘自家传和小时候的习练，图案早已深藏在他的脑海之中，20 分钟后，一朵清丽的荷花出现了。这仅仅是瓜坯，要做成茶泡还需要经过漂涩、焯水、泡糖、晾晒等很多道工序。为了使茶泡不皱缩变形，泡糖和晾晒需反复多次，时间的把握上也有讲究。

玉林地处热带与亚热带之间，饮食间极易上火，当地人喜欢用性寒、清热的冬瓜来消暑去燥，除了炖汤、清炒，还花费心思想出这样精致的做法。一杯清茗一方茶泡，在浅淡的茶色中，茶泡像一块白玉在清晰可见的溪底，不只悦目，而且入口清甜。

要让茶泡泡出瓜的清香，得注意水温，水温过热，便成了瓜汤，水温不足，又只能泡出一杯没有瓜的清香的糖水。正确的方法是，先用烧开的水把茶叶泡出茶味，等水温在七十摄氏度左右时，将泡好的茶水冲入放有茶泡的杯子，静候片刻，茶香与瓜香融合，缓缓入口，朗月清风。我好奇心洋溢，接过师傅的錾刀，慢慢试着刻了一朵荷。屋外雨成帘，錾刀錾下瓜肉时清脆的声音，微微溅溢的瓜汁，时间放慢了脚步。

【秋分】

9 月 22 日 -24 日

雷始收声

蛰虫坯户

水始涸

白昼渐短，夜晚渐长，雷因为阳盛而发声，此时阴气旺盛，故不再打雷。蛰居的小虫开始藏入穴中，用细土将洞口封起来，以防寒气侵入。降水量开始减少，天气变得干燥，部分沼泽及水洼开始干涸。

Ficus microcarpa Linn. f.

榕树

BANYAN

41 榕树

榕树

Ficus microcarpa Linn. f.

榕树

桑科榕属植物。大乔木，冠幅广展；老树常有锈褐色气根。
叶薄革质，狭椭圆形，榕果成对腋生或生于已落叶枝叶腋，成熟时黄或微红色，
扁球形，雄花、雌花、瘿花同生于一榕果内。花期 5–6 月。

在南方，即使到了秋分，天气也很难一下子冷下来，每天依然白云朵朵艳阳高照，只是早晚微带寒意。树木却比人知秋，头天晚上一场雨，清晨起来，便能看到满地榕叶，若是在春夏，再大的雨也是打不下几片榕树叶子的。抬头看看树，依旧蓬勃的树冠上，榕树叶子已在季节的催促中，完成了新与旧的交替。

小时候的课文里有巴金先生写的《鸟的天堂》，那个鸟的天堂其实是一棵大榕树，不可计数的枝干生出许多根，根垂落到地面，伸进泥里，长成新的树干，树干又长出新的枝丫，撑出新的绿意盎然。“那翠绿的颜色，明亮地照耀着我们的眼睛，似乎每一片绿叶上都有一个新的生命在

颤动。”

榕树是多数南方人从小就熟悉的一种树木，它根须发达，树冠宽大，亭亭如大伞，从树上披挂下长长的气根，结鸡头米大小的榕实。榕树生命力极强，甚至有点儿霸道。在它的势力范围内，极少有其他植被或杂树存活，不管抢水还是抢养分，它们都不是榕树的对手。榕树是长寿的树，正常情况下能活数百年，甚至更久。长寿、强大又美丽，因此，榕树总是能得到人们的崇拜，甚至将它当成寄托。在民间，榕树往往被供为宗族的社头，逢年过节，人们到榕树下上香、许愿、挂红布条。在过去，有的孩子如果体弱，还要认榕树做树母，在祈福的红布条上写上“××生于×年×月×日，诚心寄拜榕树姐姐做妈妈，取名榕生”之类的祈愿。

在南方，有大榕树的地方往往会成为附近居民的活动中心，夏天在榕树下纳凉更是件惬意的事情。吃过晚饭，大人们手摇大葵扇聚在树下，有的还把自家的藤椅、竹床也搬出来了，三三两两在一起天南地北地闲聊着家常。孩子们则绕着大树一圈圈地跑，跑累了，各找各妈，趴在大人的肩上、腿上歇上一阵。那时的夜空似乎特别黑，于是星星便出奇地亮，纳凉时静看满天星宿，是童年时最安谧的回忆。

今年春节回南宁过年，有一天到七星路去吃老友粉，路过从前新城区区政府的老院子，如今这里已改作社区医院，除了牌子换过，一切似乎没有改变，连门口那棵榕树也还是老样子。从前，新城区民政局就在老院子里办公，城区的人登记结婚都要到这里来办理。办理结婚和离婚手续的日子是固定的，有的日子只办结婚登记，而另外的日子只办离婚登记。

我和外子来领证的那天，办证的是位福眉喜相的大姐。在我们之前的一对儿，领证后开心地对大姐说再见，大姐道：“不再见了。”众人大笑。轮到我们，大姐发给我和外子一人一个鲜红本子，薄薄的，只有两页。一页是两人的合影和资料，另一页盖个大红章，这就是从此变作人妇的证据了。现在翻开来看，照片上的两个人多么青涩啊，连洋溢着幸福的笑容都是浅浅而腼腆的。

同事去领结婚证那天，有一对办离婚的大概没弄清日子，也来了。可巧人少，大概工作人员那天心情也不错，便顺手帮这对怨偶办了离婚证。同事回来后感慨道：“那对曾经的鸳鸯啊，脸上的表情那叫一个难看，终生难忘！”当初也是恩爱的吧，一块糖两人分，额头顶额头共饮一杯甘蔗汁，你快乐所以我快乐，输了你赢了世界又如何，可是当爱已成往事，表情却变得狰狞，连敷衍的力气都欠奉。

朋友和她先生两人闹别扭，你一句我一句，各不相让。朋友是湘妹子，火暴脾气一上来，大吼一声：“离婚！”先生从小在部队大院里长大，血气方刚：“离就离！”相约第二天去办手续。隔日，朋友在青秀区区政府门前等了好半天，始终没见先生出现。回到家，看见先生在厨房里努力地做菜。其实经过一夜，她的气早已消了大半，碍着说出口的话不好意思收回，这才去了民政局。等了半天不见先生，料定先生也是说气话，自己的气基本上便烟消云散了。

朋友连忙进厨房帮着洗菜，厨房小，腾挪不开，难免手碰手，洗过菜的手冰凉，更觉出那熟悉的体温。慢慢地话便回来了，问先生怎么没去，先生假模假样道：“不是明天吗？”又反问，“你上哪了？”她嘴硬：“青秀区政府！把结婚证换离婚证！”先生大笑：“新城区改成了青秀区后，区政府就搬到仙葫区了，可是，婚姻登记处还留在七星路啊，你不知道吗？傻丫头！”

老城区区政府门外的榕树还在，笃定地活着，露在外面的气根愈发长而浓密，不知见证了多少人间佳偶怨侣的喜怒哀乐，天若有情天亦老。

TARO

42 芋 芋

Colocasia esculenta (L.) Schott.

芋

别名：芋艿。天南星科芋属植物，湿生草本。块茎通常卵形，常生多数小球茎，均富含淀粉。原产中国南部和印度、马来半岛等热带地方。本种很少开花，通常用子芋繁殖。

9 白露之后，南方的天便慢慢冷了，早晚都得多添上件单衣。寒风起的时候，会开始对某些食物生出强烈的食欲，比如，这个时候上市的芋头。

广西的芋头在全国都是有名的，尤其是荔浦芋头，因为一部电视剧《宰相刘罗锅》而声名大振，都知道广西荔浦出产的芋头品质好到能当贡品进贡给皇帝。

芋头最开始是长在沼泽河浜之中，后来经过长期的栽培育化和选择，发展成现在这样的水旱两栖作物。古代人用一种动物来形容芋头的样子，蹲鸱，说芋头像蹲踞着的猫头鹰。芋头在自然状态下很少开花，它的花是佛焰花序，大多数天南星科植物的花都长成那样，比如常见的海芋（滴水观音）。

芋头不是以花取胜的植物，我觉得它的叶子有古风，像从《诗经》里走出来的植物，每次看到芋叶，心里都会滑过一种天朗风舒的感觉。风中的芋头叶子特别美，翠绿的茎秆顶着一张大大的心形叶子，摇来摆去的，像风中的舞蹈。在芋叶的表面，像荷叶一样布满了细小的带着蜡质的茸毛，童年的时候看水珠在芋头叶子上滚过来滚过去，可以安静地看很久。

有的芋株高过人头，有时刚刚雨过天晴，便有男生若有所思地站在芋叶边，别以为他们藏着什么风花雪月的诗咏之心，他们站在那里纯粹只是为了等着后边的女生们三三两两叽叽喳喳走过，然后冷不防地把叶子一拽，让滴溜溜的水珠浇了女生满头满脸。闹事的跑了，被捉弄的又气又急赶着追，笑笑闹闹地跑远了。

Colocasia esculenta (L.) Schott.

芋

等时间走到白露、秋分，芋头淀粉蓄足，粉香绵糯，这样的芋头最好吃。小小个的狗爪芋整只下锅用清水煮熟，剥了皮蘸白糖吃；大的槟榔芋切片蒸熟，喜欢甜口的蘸白糖，嗜辣的蘸辣酱。还可以做甜品，把芋头切丁煮熟后，调入椰浆炼奶，香浓粉甜。

最受欢迎的自然是芋头蒸扣肉，肉须选带皮五花肉，先白水瀹熟，然后下油锅把皮炸得酥脆，芋头也要稍稍过一过滚油，这样蒸出来的芋头不容易碎。肉与芋头都切一指厚，一片肉一片芋头，相间着上锅蒸到肉酥芋绵，吃的时候一肉一芋，芋头的粉香带出动物脂肪的饱满，入口即化，唇齿留香。古人说，“煨得芋头熟，天子不如我”。

小时候常常是靠记吃来记日子的，看到市场上有很多芋头卖的时候，便知道中秋节要到了。那时候过中秋，不是单家独户自己过，而是一整栋楼的人一起，热热闹闹的。夜晚，月朗风轻，宽敞的楼顶上，百家宴般摆了几十张小桌子，有圆桌，有条桌，桌子上各家摆满拜月亮的食品。

大人摇着蒲扇，赏月谈天。小孩子东跑西窜，从东头一直吃到西头。王家吃片沙田柚，李家吃半只柑果，杜家妈妈做的甜藕最好吃，这些都是刚刚上市的鲜货。绿豆水一定要喝阿丽家的，豆蓉月饼非得是小明家的更好吃，其实自家的月饼也是同样出自大同冰室，只是馅料会分豆沙、豆蓉、五仁或者叉烧。

公认最好吃的是黎家爸爸做的芋头糕，知道大家爱吃，每年黎家爸爸都准备很多，用托盘蒸好，一盘盘地从家里往楼顶端。他总是故作神秘说是祖传的配方，其实看起来也简单，食材就几种：米浆、刚上市的芋头切粒、头菜粒、猪肉丁。但是，好吃的芋头糕除了调味的技巧，最需要的是耐心，如果只是简单地把几种食材混在一起蒸熟，就只能得到一块普通的、平淡无奇的芋头糕。

好的芋头糕是有层次的，需要一层一层慢慢蒸出来。一口盛满水的大锅上架一个铁托子，先均匀地浇上一勺米浆，滚烫的水蒸气会让米浆迅速凝固，然后浇上一勺馅料，再浇一层米浆，这样一层层地反复操作，一块又Q又香糯的芋头糕才算完成。吃的时候用刀子划成四方的小块，芋头的粉香、头菜的咸香、肉丁的鲜香混合在大米的气息之中，那份热闹和温馨至今难忘。

赏赏月，谈谈天，一年之中，中秋的月特别美，而月光下的人呢，如张岱所言，“月光泼地如水，人在月中，濯濯如新出浴”。

时钟的针脚一步步往前，月亮移到中天，又向西斜。露水慢慢起来了，打湿了乘凉用的蒲席，人们陆陆续续散去。夜凉如水，一年的秋天正到来了。

【寒露】

10 月 8 日 -9 日

鸿雁来宾

雀入大水为蛤

菊有黄华

天气转凉，露水渐多，秋意渐浓。鸿雁排成一字或人字形的队列大举南迁。深秋天寒，雀鸟很少外出活动，此时海边出现了许多蛤蜊，贝壳的条纹及颜色与雀鸟很是相似。这个时节的菊花开得最好，缤纷多姿，甚是美丽。

Citrus maxima (Burm.) Merr.

柚

SHADDOCK

43 柚子 柚

Citrus maxima (Burm.) Merr.

柚

芸香科柑橘属植物。乔木。叶质颇厚，色浓绿，花蕾淡紫红色，稀乳白色；果圆球形，扁圆形，梨形或阔圆锥状，果皮甚厚或薄，海绵质，汁胞大，果心实但松软，瓢囊 10–15 或多至 19 瓣，汁胞白色、粉红或鲜红色，少数带乳黄色。

柚子在每年的中秋前后成熟。柚子开花的时节，是在乍暖还寒的四月，小小的白花有一股带苦味的香。花瓣厚而硬脆，稍用力些便断了，散发出更浓郁的挥发油的气味。柚子花盛的时候，整个果园香气弥漫，因为太浓，感觉空气中有浮躁和轻佻的分子在流动，其实，那是生命在繁衍延续的气息。春华秋实，小小的白花经过六个月的风霜雨露，长成一个比足球略小的果子。

容县的沙田柚在全国都有名气，原来它并不叫这个名字，当地人叫它“羊额籽”，因为汁多味甜，乾隆皇帝吃过后极为高兴，但是嫌“羊额籽”名字难听，便从出产“羊额籽”的沙田村村名而御赐名为“沙田柚”。

不过如今最好吃的柚子长在离沙田镇几十公里的自良镇。沙田柚喜光好肥，自良一带多泥质坡地，日照充足，结出的柚子汁多清甜，不“干虾”（果肉干糠）。所以，虽然一年只能收获一茬柚子，但自良镇的农民光靠种柚子，也能过上小康生活。

和“桂味”荔枝强调“纯血统” 种植的做法不同，在沙田柚果园里，一定会间种着酸柚和蜜柚，这既是为了保持沙田柚的品质，也是为了柚子能顺利结实，沙田柚需要用酸柚和蜜柚来授粉，所以果农也把酸柚和蜜柚称为“公柚”。农民还在树根深处埋上鸡骨牛骨，氮肥催叶，磷钙壮果，让果子更加蜜甜。柚子的最佳采摘时间是在霜降之后，柚子的糖分在霜打天气得到积累，味道更甜。可是淫雨会让柚子迅速变质，要是看着天气不好，果农也会在柚子将近成熟时提前采摘，放在铺满了松针的仓库里保存。

柚子不像荔枝龙眼那么娇气，它是南方水果里最耐贮存的，金黄的外皮包裹着白色的果肉，可以放置很长一段时间，即使外皮失水皱缩变得干瘪难看，也丝毫不影响果肉的味道，更因为经过了时间的发酵，酝酿出一股果酒的微醺气息，混杂着果肉的香甜，如雪里吟香，乱红穿柳，更加诱人。

我一直很感谢我的父母，他们从来不会有那种“孩子小，说了也不会明白”或者是“长大了自然会懂”的想法，从我很小的时候起，他们在做事情的时候总会告诉我“是什么”和“为什么”。

7 比如，沙田柚不是秀外慧中的果，是属于“我很丑可是我很温柔”的“心灵美”型，挑选的时候就不能只讲求外表光鲜，以貌取果，否则就会失之正宗沙田柚。

还有，挑柚子的时候要选底部有圆脐的，这个圆脐叫作“金钱笃”，有“金钱笃”的果子特别蜜甜。事实果真如此，原理我虽不清楚，但是留下的印象特别深。长大后我自己去买水果，挑选橙子、柑橘这类芸香科果实的时候，就在果子身上找“金钱笃”，味道果然也是蜜甜的。

如今，也许是现代农业技术发展的缘故，买到的柚子大多都是甜的，却少了从前的清香气味。以我对水果的挑剔，我觉得身为芸香科柑橘属水果，除了甜还应该气味芬芳，一个柚子光有甜味，就显得有点儿傻，少了点儿层次，仿佛一个童年时古灵精怪的玩伴，随了年岁增长，渐渐变得富态和愚钝，不复从前的活色生香。

酸柚倒是有个性，但又太过凌厉，一口咬下去，眼睛鼻子眉毛全酸得皱作一团，牙齿齐刷刷全体软倒。一旦缓过劲来，睁开双眼，舌尖还微带着麻麻的刺激劲儿，倒是格外地神清气爽。

蜜柚的名字里有个“蜜”字，味道却是甜中带酸，和名字并不那么相符。它们长着一副圆圆扁扁的身材，所以农民也又叫它“砧板柚”或者“板凳柚”。蜜柚汁多无渣，酸甜适口，果肉那一抹美丽的浅茜草红，才真正是活色生香。

古人喜欢给植物分品，讲“德”。若让我看，柚子也是有德之物。除了果肉好吃，果皮还能做菜、做零食、做日常用具，甚至给小孩子做玩具。人们相信柚子叶能避邪保平安，在一些场合会煮柚子叶洗手或沐浴。南方一些老宅子的墙头，会饰以柚子造型，祈“有子”之愿。

中秋节，柚子是要用来“拜月亮”的。拜过月亮后，孩子会要求父母小心地慢慢掏出果肉留下一个完整的柚子壳，点上一支蜡烛插好，用几根粗棉线在柚壳上端相对穿起，再加一根小棍子，就成了一盏“柚子灯”。奶奶们已经过了提“柚子灯”的年纪了，但她们也这样做一个柚子壳，风干之后用来做容器或米勺。

柚子皮做菜很好吃，蒸炖焖炒，味道各不相同。但不管是哪种烹制方式，必经的步骤是：首先削去含挥发油的黄色外皮，然后将剩下的白色部分放在沸水中焯水，捞起后浸泡在清水中，水需要每天更换，如此数番，就能去掉苦味和刺激味。我喜欢那股微微刺激又带苦的滋味，所以这个过程我会缩减为一两次。

最简单的做法是涮火锅，柚皮吸收了锅中的肉鲜味，吃起来既有柚皮香，又解腻。或者旺火热油爆香肉末、豆豉和蒜米，加入生抽炼成熟酱油，再加入柚皮焖煮。时间充足时，便愿意多花些心思做一道柚皮扣，将柚皮切成和芋头片一样大小厚薄，一块扣肉夹一片柚皮，上锅蒸至软熟。扣肉的世俗与柚子的清苦两相融合，俗与雅之际，别有风味。

柚皮菜其实是长大之后才喜欢的，年纪小的时候还不会欣赏它的苦涩和兼收并蓄。那时候爱吃的是柚皮糖。柚皮糖用糖炒制，商店里有卖，自己家也可以做，做的人家不多，因为很消耗糖。削皮漂苦的程序照例是不能少的。最重要的一步是煮糖胶，按一个大柚子皮一斤白糖的比例，先把一斤白糖加二两冷水用小火煮，要一直搅拌以免焦锅，白糖融化后就不用搅了，转中火收干水分，可以用筷子头来试，完成的标志是筷子上滴下来的糖有拉丝现象。

把挤干水分的柚子皮放入糖胶里，并用筷子搅拌均匀，火不能撤，要一直搅拌翻动直到糖胶被柚子皮吸收，多余的糖胶会结成糖晶附着在柚皮表面，这时就可以关火了。柚子皮冷却后会变硬，柚皮糖就做好了，柚皮的苦涩味和刺激性早已被糖消融殆尽，只剩下甜和香。若是某一天你的书包里放着一小包柚皮糖，那一天你会成为最受欢迎的人。

前几天我去一位大姐家，大姐在院子里种了不少植物和果蔬，其中一个花盆里密密地长着许多小苗，从厚而深绿的叶子，我认出这是柚子。

“北方也能种柚子？”我有点奇怪，温带的气候，应该只够柚子发芽吧？只有亚热带的光热才能让柚子开花结果。“长不了，冬天一来就会被冻死了。可是现在看着它们绿油油地长，心里就高兴。”

大姐也是从南方移居北京，早已习惯了这里的气候，提到南方“回南天”的潮湿和夏季的溽热已经心有余悸。可是我想，每一年四月的柚子花香，每一年霜降后柚子的甜美，都是她心里对家乡永远的记忆。

MUSTARD

44 芥菜

芥菜

Brassica juncea (L.) Czern. et Coss.

芥菜

十字花科芸薹属植物。一年生草本，花黄色，花期 3–5 月。

是中国著名的特产蔬菜，原产中国，为全国各地栽培的常用蔬菜，多分布于长江以南各省。

天气凉下来后，芥菜开始抽薹开花。芥菜和油菜一样，是十字花科植物，芥菜里有一种苦味，南方人认为带苦味的菜蔬都有清凉解毒的作用，所以芥菜是很受欢迎的，清炒，煮汤，还可以腌咸菜。

汪曾祺先生小时候，家里一到下雪天就喝咸菜汤。“咸菜是青菜腌的。”“青菜似油菜，但高大得多。入秋，腌菜，这时青菜正肥，把青菜成担地买来，洗净、晾去水汽、下缸。一层菜，一层盐，码实，即成。随吃随取，可以一直吃到第二年春天。” 汪先生所说的“青菜”就是我们平常见到的芥菜，广西有些地方，比如百色乐业的农民也把芥菜叫作“青菜”。汪先生所说的腌咸菜方法，和广西人泡制芥菜的做法也差不多。除此之外，也有用淘米水或压豆腐时流出来的豆水，若是用做酒酿的糟水，那就是滋味上等的腌菜了，我有一位朋友的妈妈最会做吃食，她用糟水腌制的酸菜，吃过便难忘。芥菜在南方一年四季都可以种植收获，但只有低温之下才会抽薹。南方的深秋，气温降低，芥菜长出花茎，这样的芥菜当地人叫芥菜心。芥菜心特别苦，有的人会避之不及，用来做酸菜却特别脆嫩，味道好。抽薹的芥菜可以用来做呛菜。呛菜在不同地方有不同叫法，有的叫冲菜，也有的叫辣菜。其实它的主调并不是辣，最特别的还是在那股芥子的冲天刺激味。

呛菜做起来不难，早上做，晚饭时就可以上桌。首先将抽薹芥菜洗净晾干，切碎后略炒至颜色转深，然后盛到碗里并用盖子密封。要是想吃微微带酸的，密封的时间就可以多一两天，但是呛鼻的味道就弱多了。从前在家时母亲也做呛菜，但时常不成功，徒得个惨黄色，一点呛味儿都没有。不过母亲一向大咧咧的性格，天掉下来当被子盖的那种，成不成算个什么大事儿呢？她也没想着去总结为什么有时候成功有时候失败。婆婆做呛菜却极是拿手，她说关键点一是炒锅要无油，二是密封要严实。

若是在冬季回去，婆婆笃定是做好了呛菜等我们的。油、盐、蒜末、小米辣，加点儿肉末，或者就只是简简单单素炒，都极好下饭，不再需要更多的菜。春节时油荤吃腻了肠胃，一碗白粥，一碟呛菜，便是神仙一样的享受了。

老人表达自己的爱，从来不是什么奇珍异宝，就只是你最喜欢的一碗鸡蛋酒酿、一碟肉末呛菜、一份秋风起时手制的腊肠。简朴的春秋园蔬，抵过了世间的珍馐异味。

Brassica juncea (L.) Czern. et Coss.

芥菜

【霜降】

10 月 23 日 -24 日

豺乃祭兽

草木黄落

蛰虫咸俯

气温下降，天气渐冷，清晨的露水冻凝成了银白色的秋霜。豺捕到猎物后，陈列在地上，好像祭拜一番再食用。此时，草木树叶逐渐发黄掉落，昆虫停止了鸣叫，开始蛰伏于穴中，不动不食，进入了冬眠的状态。

PERSIMMON

45 柿 柿

Diospyros kaki Thunb.

柿

柿科植物。落叶大乔木，叶纸质，卵状椭圆形至倒卵形或近圆形，通常较大；
花冠淡黄白色或黄白色而带紫红色，壶形或近钟形；
果形种种，有球形，扁球形，球形而略呈方形、卵形等，花期 5–6 月，果期 9–10 月。

寒蝉把绿叶催黄的季节，我到了桂林的恭城，恭城县城有着将近一千四百年的历史，山清水秀。住在红岩村里，整齐的楼房，门前种花，后院栽树，楼上楼下，电灯电话，还真像小时候《儿童时代》里描绘的社会主义新农村。

最美的是流过村子的那条无名小河，岸边泊着一只小竹筏，两块钱一个人，载着我们顺流而下。两岸修竹成荫，流水蜿蜒而去，风过处，野花和枯竹叶簌簌落入河中，打着旋，被流水带向远方。途中江风猎猎，不时有蝴蝶飞过，浓密的凤尾竹林里偶尔传出水鸟的鸣叫。弃筏上岸，岸边长着几棵栗子树，叶子落了一地，踩在上面沙沙响，高枝上挂着一团团毛栗子，像长满刺的球。走过去不远，是一片很大的柿子林。一只只橘红色的柿子像小巧的灯笼挂在树上，喜气洋洋，看得人满心欢喜，赞叹连连。

果农一家在柿林里采收，看到有人如此欣赏他们的劳动成果，大方地发出邀请：“尝一尝，这柿子摘了就可以直接吃。”一边指点我们，挑的时候要找表皮艳红，捏着手感软软的，“这样的甜！”我挑了一个软柿子，把顶上的“小盖子”掀掉，吸食多汁的内瓤，果然非常清甜，原来“柿子专挑软的捏”是有生活基础的呢。不过柿子性凉，吃了一只，便停了手，不敢多吃，怕闹肚子。

地上落了厚厚的一层柿叶，染过霜的叶子又大又红，古代人会在上面写字。唐代《酉阳杂俎》说柿有七德，“一多寿；二多荫；三无鸟巢；四无虫蠹；五霜叶可玩；六佳实可啖；七落叶肥大，可以临书”。古人多闲情，柿叶用来临书，蕉叶可以写字，在菩提叶子上抄经文，秋天，马褂木的叶子金黄金黄的，比巴掌还宽，正好在上面写几行情诗。

红岩村的村民不在柿叶上写字，他们的心思全在柿子上，红岩村的柿子是水柿，味甜多汁，当水果、做柿子蜜，还可以酿酒和做果醋，不过最主要的还是用来做柿饼。

清代的《调鼎集》记载的柿饼做法是这样的：去皮捻扁，日晒夜露，候至干，晒纳瓮中，待生霜，取出即成柿饼。恭城柿饼的制作过程也大体如此。不过如今的去皮就比从前要方便多了，家家户户都有一张工作桌，桌上放一台带着摇柄的小机器，和缝纫机机头差不多大，把柿子固定在

Diospyros kaki Thunb.

柿

钢钎上，摇动手柄，刀片可以快速把皮去掉。去皮后的柿子整齐排放在竹匾上，放在露天下晒。一匾匾的柿子，在时间之中，在太阳之下，颜色由萱草黄慢慢变成浅茶棕，与此同时，柿身渐渐发软，用手把它轻轻捏扁，再晒，再捏扁，这样的步骤要反复多次。经过将近一个月的时间，柿饼的颜色从浅茶棕变成熟褐的时候，柿饼便做好了，果子内部渗出来的葡萄糖在圆圆的柿饼表面凝成一层白霜，像泻地如银的月光，恭城人诗意地将这种柿饼称为“月柿”。把月柿洗干净装在浅碟里，搁在饭面上蒸，热腾腾，软乎乎的，吃在嘴里，软甜糯香，实在是一种幸福的享受。

如果是新鲜柿子，我喜欢脆柿子的清脆，不知是水土的缘故还是品种的缘故，北方的柿子大多都是软柿子，而且他们也很喜欢软柿子那种像吸蜜一样的口感。他们还喜欢吃冻柿子，“柿子挨个儿排在地上，就着路灯的光，照得柿子一个个黄澄澄的，饱满鼓立，精神好看，谁看了都想到围着火炉嚼着带着冰碴的凉柿子那股舒服劲儿”（汪曾祺）。

有一回我在南锣鼓巷巷口遇到卖柿子的，地上铺一块塑料布，“柿子挨个儿排在地上”，一半的柿子“黄澄澄的”，另一半的柿子橄榄绿中透出橙黄，柿身上带着秋日薄雾般的白霜。卖果的人说橄榄绿中透出橙黄的是脆柿子，我便买了几个，但第二天它们还是迅速地变得黄澄澄，我便愈发想念南方脆柿子的清甜。脆柿子刚从树上摘下来的时候，涩口，不能马上吃。小时候大人说，脆柿子要放在石灰池子里泡过去涩之后才可以吃，那时每每经过盖房子的石灰池，总忍不住伸头看一看里面有没有泡着柿子。后来才知道，去涩的方式有多种，泡石灰只是其中之一。秋风的凉意更重的时候，孩子的姑姑从南方寄来脆柿子和山楂果。北方的山楂果，小如樱桃，秋天之后变得红熟，口感绵酸。南方的山楂树比较高大，结出的山楂果像小号的青苹果，但是又涩又酸。脆柿子也尚青涩，我一时不知作何处理，便把它们一起放在冰箱里。没想到过了几天，却发现柿子的皮色已经由青黄变成橙黄，我削了皮，咬一口，清、甜、脆！我一边高兴地吃着，一边想，这应该是最浪漫的去涩方式了吧，仿佛两个童年的好朋友相伴着度过了各自的青涩岁月。

WATER CHESTNUT

46 荸荠 马蹄

Heleocharis dulcis (Burm. f.) Trin.

荸荠

别名：马蹄、水栗、地栗、地梨，莎草科荸荠属植物。有细长的匍匐根状茎，在匍匐根状茎的顶端生球茎。花果期 5–10 月。球茎富含淀粉，供生食、熟食或提取淀粉，味甘美。

银霜既下，秋便将尽。春天种下的紫苏，短暂的生命就快过去；夏天开放的忘忧草，花期也到了尾，想要收获鲜花晒成的黄花菜，只能等待来年。而这个时候，春天时栽下的马蹄（荸荠）可以采挖了。

广西产马蹄，得地利之便，我从小经常吃马蹄，有时是削皮后当水果，有时是妈妈用马蹄和甘蔗、茅根煮糖水，清润解热；若是切碎了与肉末一起做馅也很棒，偶尔咬到马蹄粒的时候，便听到微微的清脆声，带点儿微微的清甜；也喜欢用马蹄、甘蔗和腐竹炖牛腩，取其去膻并增加甜鲜味之用。广西的马蹄个大皮薄，又以桂林荔浦所产的品质为上。民间把马蹄分“水蹄”和“粉蹄”，“水蹄”质地清透细嫩，多汁无渣，清甜爽口，深得众人欢心。“粉蹄”淀粉含量相对多一些，所以果肉色白，渣多汁少，常常遭人嫌弃。我却偏爱“粉蹄”，觉得它有“水蹄”缺少的甜味和芳香。

直到今年之前，我从来没有想过马蹄的老家在哪里。我一直以为马蹄只长在两广，后来发现湘鄂江浙皖闽贵都有，甚至在河北的部分地方也有种植。有一天，看格雷厄姆·格林的自传，格林的父亲家附近有一座大教堂，“教堂下方，大枢纽运河淌过，河上有画舫缓行，还可见到来自远方的吉卜赛单子、一排排水生荸荠以及古城堡所在的几个小山包”。远在英国的赫特福德郡也种植马蹄，这令我大吃一惊，于是去查看资料寻个究竟：原来，莎草科植物马蹄（荸荠）原产印度，全球约有 150 种，广布于全世界，以热带和亚热带地区为多。中国最早栽种马蹄的记载可追溯到西汉。我第一次见到马蹄的植株是在去荔浦游丰鱼岩的路上，看到一大片水田里长着一根根莎草样的植物，问了之后得知这是马蹄。以

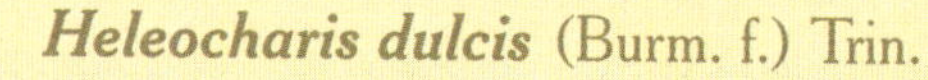

Heleocharis dulcis (Burm. f.) Trin.

荸荠

前光知道吃马蹄，可从没想过它的植株是个什么样，又是怎么长出来的。我们平常吃的马蹄，是它深埋在泥里的球茎，马蹄削去紫黑色的外皮后，白色的肉身质地脆嫩，多汁而甜，自古有“地下雪梨”之美誉，北方人视之为“江南人参”，大概是指它营养而言，马蹄含磷非常丰富，能促进人体生长发育和维持生理功能的需要，对牙齿骨骼的发育有很大的好处。有人说它的外表像栗子，所以又叫它地栗。

霜降时节，马蹄就开始成熟了。放掉田里的水，割掉叶子，待田稍干，就可以挖马蹄。但是霜降时收采的马蹄，皮薄味淡，在冬至到小寒时节间采收的马蹄最甜、最好吃。若是留在地里，到了立春，马蹄就会长芽，没法再卖了。然而一入冬，气温下降，土地就结冻了，马蹄的采挖变得困难。采收马蹄的工具是一个近一米宽的木制带齿耙子，我们试过三个人一齐站在耙子上，费了好大的劲儿，钉耙才钻入地下一点点，等钉耙进入得足够深了，还得跳下来合力用劲把泥块撬起，马蹄就藏在泥块里，要用小铲将它挖出来，并且敲掉厚厚的一层泥，要非常小心才不会把马蹄的皮蹭掉，蹭破皮的马蹄农民没法再卖。

我这才亲身体会到，一颗貌不惊人的马蹄从清明前后育种催芽，20 天后小苗长出，移种到地里，这中间的管护和后来的收获，农民所费的功夫远非我们想象中那么轻松，甚至可以说是艰辛。经此一次，我后来见到农民卖马蹄都不讲价，也提醒身边朋友不要去压价钱。那个钉耙我们虽然不会用，却是农民从劳动中总结经验做出来的最称手的工具。就连他们家里削皮的刀子也和我们平常从超市里买到的削皮刀不一样，刀刃弯弯似月牙，刀身还带着弧度，正好贴合马蹄的形状，刀片带着煅铁时留下的蓝黑的火的痕迹，看得出是特意打造的。据说挖山药比挖马蹄更辛苦，用的是一把类似洛阳铲一样的工具，山药在地里竖着长，挖起来不容易，挖断了还卖不出好价钱。

我在《物语三千》上见到过一个类似木匠的刨子的木制物件，是用来搓玉米粒儿的工具。用 Y 形的树丫当支架，粗糙，不平整，显然是就地从附近的树上取材做成的。虽然没有亮丽光鲜的外表，但这样的器物从情感上更能打动我，因为在看似普通甚至粗糙的外表背后，是智慧、手艺、汗水、情绪和时间。

每次过年回家，都能感觉到老人不宣之于口的喜悦和兴奋。婆婆每天进进出出不知多少趟，为把青菜跑一趟，为根小葱再跑一趟。便是坐在家里，手也总忙个不停，知道我们都爱吃马蹄，总有一盆削好的马蹄放在茶几上。公公的身体不太好，可是也每天进进出出十好几趟。婆婆喜欢抱怨公公走来走去却不帮她干活，每次说起来，都从几十年前开始诉起。公公说话不利索，向来静静地听，看婆婆说得多了，才硬硬地迸出一句“乱弹”，婆婆便停了，终又觉得不甘，补上一句：“这老头，一辈子就是帮你削马蹄。”公公也不作声，眼睛看向更远的地方。

婆婆说的是我怀儿子的时候，胃口不开，每天下班回到家，若是看到马蹄能吃上好几个。公公发现后，总会默默地削上一碗留给我。他手脚不利落，也不善言辞，一碗马蹄里全是他想说的话——对小辈的关切和对孙子的期盼。

PERILLA

47 紫苏

紫苏

Perilla frutescens (L.) Britt.

紫苏

别名：苏叶、香苏、桂荏。唇形科紫苏属植物。一年生直立草本。
叶阔卵形或圆形，两面绿色或紫色，或仅叶背紫色；花冠白色至紫红色，花期8–11月，果期8–12月。

从立秋开始，紫苏开出唇形花瓣的粉紫色小花，其后就不再长出新叶，原来的叶子也日渐变得老、皱、发硬。事实上，一过了夏至，紫苏的叶子就总是一副缺水的样子，不再像春天时那样水灵。又经历了处暑、白露、秋分和寒露四个节气，到了霜降，紫苏花房里细如小米的黑色种子便成熟了。我用花剪把带籽的枝条剪下，放在竹匾里，阳光下晒几天，就可以把细小的种子收起来，留待来年开春气温回暖后重新播种。

紫苏在我国有两千多年的种植历史，品种不少。叶子全绿的青苏，在日本料理中常常使用。北方的苏叶样子和紫苏大同小异，香气却乏善可陈。

我种在阳台的这盆皱叶紫苏，又叫回回苏，叶面绿色带紫脉，叶背全紫，

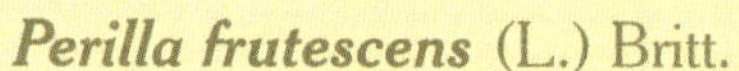

Perilla frutescens (L.) Britt.

紫苏

叶缘裂纹深，那香气真不是一般品种能比，在紫苏界的地位堪比牡丹中的“姚黄”“魏紫”了。即使在南方，皱叶紫苏也不是随处可见。藤县的古龙镇有座马叫山，马叫山上当年有个林场，如今只在场部的旧址留下一排破旧平房，这里当年是林场职工的住地。一小片皱叶紫苏零星散长于平房前的草丛之间，我扯了一角叶子用手揉搓，散发出好浓郁的一股香气！便带泥挖出几棵，拔了一根莎草当绳子，又找了一张构树叶子把紫苏包起来，绑好，就这么从深山里带了出来。

紫苏生命力强，繁殖很快，种子结得又多。不必特意采收撒种，它落在脚边的土里，便能迅速地衍发成一大片。但是紫苏不耐旱，如果水分不足，太阳一暴晒，两三天就变作一株干草。在水分充足时，紫苏的生长极其旺盛。春天的紫苏叶子水灵，叶面宽大，生命力勃发，是紫苏短暂生命里最美丽、香味最浓郁的时候。

紫苏可以入药，在古代尤为流行，用来预防和治疗感冒。《红楼梦》第五十一回，晴雯伤风感冒，医生开出的药方中就用了紫苏、桔梗、防风、当归、陈皮等药材。

广西的菜，桂南偏粤系，桂北偏湘系，南宁菜集众，居二者之间，特色之一是喜欢以香叶入肴。紫苏和带腥气的食材是妙搭，炒鸭、炒牛杂、煮鱼，还有炒田螺。

旺火宽油爆香大蒜、姜末、山黄皮、酸笋，加入牛心、牛肚、百叶一起煸炒，牛杂受热会急速收缩，煮的时间稍长，牛杂的口感便硬得像吃橡胶，所以炒牛杂的动作要像李小龙一样快，然后加入紫苏一撒一拌，快速撤火装盘上桌，这是有名的风味牛杂。

鲜鱼活宰，摆放在紫苏叶上，水开后，下锅蒸十五分钟，出锅前浇上蒸鱼豉油，这种蒸法，鱼的鲜味因为紫苏而带上了一点儿野野的香。煮鱼汤就更不必说了，出锅前洒上，鲜死人不偿命啊。

壮族的生榨米粉，温润滑软、弹性十足，经典搭配是肉末、豉油膏、生菜丝和紫苏。肉末须是半肥瘦猪肉，手工切剁炒香后加高汤熬煮；豉油膏是黑豆加了盐、糖一起熬制而成，民间有种夸张的说法是煮肉放了豉油膏，隔着一个村子都能闻到香味。这些佐料铺在米粉上，加入一撮切成丝的紫苏叶，滚烫的骨汤迅速渗透到米粉之中，豉油膏融化，肉末飘在汤面，生菜叶由浅绿转为鲜绿，这样一碗米粉已经足够像美人，加上紫苏浓郁扑鼻的香气，又赋予了美人一个生动的灵魂。

横县有道名菜——横县鱼生。唐代段成式的《酉阳杂俎》写，“进士段硕常识南孝廉者，善斫脍，谷薄丝缕，轻可吹起”，“脍”就是鱼生，和宋代单田的《和姚监丞斫脍》所说“冰盘飞缕落芳馨”一样，都是切成丝缕状的鱼生。杜甫则说“无声细下飞碎雪，有骨已剁觜春葱”，这是切成片状的鱼生。横县鱼生更艺术，切成双飞的蝴蝶片，薄如蝉翼，能透过光，摆在白色的盆碟上，如雪色染微红。

吃鱼生的配料，杜甫是用春葱，《礼记·内则》是“春用葱，夏用芥”。日本刺身简单粗暴，芥末加酱油。相比之下，横县鱼生的配料就丰富且温婉多了：紫苏、番鬼芫荽、假蒌、腌柠檬、酸藠头、洋葱、萝卜、胡萝卜、生姜……一一切得细如发丝，再加上糖渍的青木瓜条，这糖渍木瓜有个好听的名字叫瓜英。这种种佐料加上炒过的花生，花生油再往上那么一浇，生抽往上一淋，加上鱼生一拌一卷，一个个吃得眼眯嘴咧的，开心得很。

我不吃鱼生，却喜欢将这些小菜好好地拌上一小碗，香咸鲜甜，紫苏和假蒌的异香，瓜英的脆甜，藠头和柠檬的鲜酸，花生的香浓，五味俱全，好享受。

眼下是立冬将至，紫苏一年的生命到此告一段落。我把紫苏整株拔出，枝干上的叶子虽然老硬，香味依然很浓。摘下洗净，一部分用食物料理机把紫苏、辣椒、蒜米一起打碎，简单加入米酒和盐，密封起来，就可以度过来年紫苏重新长出之前的这段日子。另一部分晒干，用来做香草茶，放在不透光的玻璃瓶里，能保存很久。夏天一盏紫苏茶，行气和胃，“紫苏嫩时有叶，和蔬茹之，或盐及梅卤作菹食甚香，夏月作熟汤饮之”，明代李时珍郑重记下一笔。

【立冬】

11 月 7 日 -8 日

水始冰

地始冻

雉入大水为蜃

天气愈加寒冷，部分地区的水也开始结冰，大地冻结变硬。野鸡一类的大鸟（雉）不再外出活动，这时的海边出现了外壳纹路与野鸡线条及颜色相似的大蛤。忙碌了大半年的人们开始休养生息，万物进入敛藏时节。

BOUGAINVILLEA

48 三角梅 三角梅

Bougainvillea glabra Choisy

三角梅

别名：簕杜鹃、宝巾花、叶子花、九重葛。紫茉莉科叶子花属植物。

藤状灌木。茎粗壮，枝下垂；刺腋生；叶片卵形或卵状披针形；

花顶生枝端的 3 个苞片内，花梗与苞片中脉贴生，每个苞片上生一朵花；苞片叶状，花色繁多。

都说是“秋尽江南草未凋”，但立冬一到，在四季常绿的南方，花也渐次稀少了。倒是三角梅不分季节，不知疲倦，还在野野地开放着。看到三角梅繁盛的花事，就会想起《霸王别姬》里那句话，“不疯魔不成活”。这是京剧业内的一句行话，说的是一种敬业精神，对事物极端痴迷，忘我投入和付出。我感觉它也是在说一种活到极致的生活状态。三角梅给我的便是这样的“疯魔”印象：专注、忘我地生长，仿佛天地间只剩下灿烂开花这一件事情。

三角梅最早产于南美洲的巴西、秘鲁、阿根廷，是紫茉莉科植物，因此得名南美紫茉莉。高中时，女生宿舍院子里种了好几株三角梅，花开繁

Bougainvillea glabra Choisy

三角梅

盛，有一次经过，听到一位女生站在一大丛玫红色的三角梅前感慨：“极力想扮成叶子的样子，结果憋红了脸。”这些鲜艳的“叶子”，其实既非花也非叶，而是三角梅的苞片，三角梅的英文名 bougainvillea 就是叶子花属的意思，所以又名“叶子花”；因为花簇层叠，又叫“九重葛”；茎上有刺，也叫“簕杜鹃”。

三角梅真正的花是藏在苞片中那三两朵细小的黄白色小花，但它们往往会被误以为是花柱。三角梅花小，无香，将包围小花的苞片伪装成鲜艳的花瓣，吸引蜂蝶前来授粉，这是三角梅在自然界里的生存智慧。三角梅在热带亚热带的许多地区都有生长，它是脾气很好的花，不需沃土，也不必时时照拂。它还很滥长，春初或晚秋时折枝扦插，第二年就可以开花。三角梅灿烂得像欢乐的毫无心事的儿童，庭院、行道、普通人家、乡里茅舍，枝繁花盛，哪哪都自在合宜。白墙边，蓝天下，碧波前，朝霞里，夕阳下，深紫浅紫，深红橙红，宫粉素白，颜色繁多而热烈。

我们进大学时，花园里有两株不知哪年种下的三角梅，长得像两幢花房，花事鼎盛的时候，绿叶须得费劲才能从密密匝匝的苞片间挤出来。我和室友每次经过，都想象着，这是奥斯汀笔下英伦的繁花，我们隐在花间看书、聊心事，再来个白藤小圆桌摆上英式奶茶和精致的茶点。终于有一天，我们不再敏于言而讷于行，带上书本钻进花洞里，但马上又以最快的速度撤了出来。现实与想象相距甚远，花丛里没有浪漫的天地，只有成团的蚊子。

在我居住的大院里，长着一棵高大的三角梅，高近四米，长在必经的路口，花开的时候，总能听到过往行人对它的赞叹。2008 年那次严寒把它冻死了大半，严寒过后，它顽强地活了下来，却从此光长叶子不开花，叶色浓重如绿墨，像经历重创的人，满腹心事，再无欢颜。

三角梅有一百多个品种，苞片的颜色非常丰富，汪曾祺先生就曾在文章里诧异过福建漳州的三角梅颜色之多，“除了紫的，有大红的、桃红的、浅红的，还有紫铜色的。紫铜色的花我还没有见过。有白色的，微带浅绿”。单只一种红色，便分出了宫粉、橙红、大红、玫红、枣红、深红、绛红……这些红色在色相上层次的深浅渐变，好比一个人从毫无心事到情何以堪的人生。

在白先勇的《谪仙记》里，李彤是个悲剧人物，虽然在她的大部分时间里，她是作为被众人钦羡的公主而出现的。“那幢德国式的别墅宽大堂皇，花园里两个大理石的喷泉，在露天里跳舞，泉水映着灯光，景致十分华丽”，在这种环境里长大的李彤，人生的底色是一抹纯白，就好比三角梅中的“绿叶樱花”，白色苞叶点染着浅浅的宫粉，那宫粉是少女无邪的心事。

出国那天，李彤着一袭如红霞般的旗袍；在慧芬的婚礼上，“穿着一袭银白底子飘满了枫叶的闪光缎子旗袍，那些枫叶全有巴掌大，红得像一团团火焰一般”；在纽约的相亲 party 上，“她穿了一袭云红纱的晚礼服，相当潇洒”。这时的李彤，就像那红艳艳的绿叶大红三角梅，热烈、纯粹、生命力旺盛。然而没几年，家道中落，“公主”如雨中青萍，不得不经历身世浮沉，人情冷暖。倔强如李彤，人前是永远的桀骜不驯，一日日疲惫，一日日消瘦，“可是她那一双露光的眼睛，还是闪烁得那么厉害”，所有的心事都只从衣着的颜色上泄露，“她的两只手挂在扶手上，几根悠长的手指好像脱了节一般，十分软疲地悬着。她那一袭绛红的长裙，差不多拖跌在地上，在灯光下，颜色陈暗，好像裹着一张褪了色的旧绒毯似的”。

有一场描写，是慧芬女儿和李彤的对话。

——“这是什么，auntie?”莉莉抚弄着李彤手上戴着的一枚钻戒问道。

——“这是石头。”李彤笑着说。

——“我要。”莉莉娇声嚷道。

——“那就给你。”李彤说着就把手上那枚钻戒卸了下来，套在莉莉的大拇指上。莉莉举起她肥胖的小手，把那枚钻戒舞得闪闪发光。

慧芬嫌李彤把孩子惯坏了，但对于把喜乐、是非、冷暖、风雨、沧桑这一切都看得淡了、透了的李彤来说，再好的钻石也不过是一块石头。Life is an illusion. 生命是一场幻象。这个时候的李彤，已经变作一株金边皱叶深红三角梅，依然艳夺人目，但是，那浓重到化不开的茜红里，沉淀了多少颜色，又调搅了几多炎凉世态、冷暖人情?

李彤的句号是在意大利的水底下画上的。她留在人间的最后一帧照片，“左手捞开身上一件黑大衣，右手却戴了白手套做着招挥的姿势，她的下巴扬得高高的，眼睑微垂，还是笑得那么倔强，那么孤傲”。那是一张彩色照片，画中人，那个穿惯了红装的女子，这一次却穿了一袭黑大衣。峣峣者易折，皎皎者易污。开到荼蘼花事了，十分红处便成灰。

或许我想错了，李彤终归还不是三角梅，而三角梅也不是李彤。三角梅是智慧的，它不挑剔土壤，不在乎养分，但只要世上还有一点儿阳光，一点儿水分，它就不管不顾地蓬勃，它实在是够美，但也够硬朗。

从单位回家的路上，总会经过一幢老房子，正对着潺潺东流的邕江，岁月早已将老房子的屋瓦楼墙熏得发黑，可是在布满了岁月烟灰的阳台上，一丛玫红色的三角梅正火火地绽放着，看到它，你便知道，生命，可正长着呢。

KUMQUAT

49 金橘

金橘

Fortunella margarita (Lour.) Swingle

金橘

芸香科金橘属植物。树高 3 米以内，枝有刺。叶质厚，浓绿，卵状披针形或长椭圆形。

单花或 2–3 花簇生，花瓣 5 片。果椭圆形或卵状椭圆形，橙黄至橙红色。

花期 3–5 月，果期 10–12 月。

十一月底，南方的冬雨时不时飘落下来，天气渐渐转寒。这个时候到阳朔旅游，可以欣赏到云锁群峰、雾笼江天的漓江烟雨。

榕树下，一位年轻的妈妈带着儿子在等船，男孩胖乎乎的小手紧紧攥住整个金橘往嘴里送，年纪太小，还不会只用三只手指拈着，吃得满手满脸的果汁和唾液，可是他那样全神贯注地对付着，仿佛这便是世界上最重要的事情。终于，不耐烦了，将剩下的大半只金橘囫囵放进嘴里，送得太深，干呕一口，把果子又吐了出来，这时候想起自己的妈妈了，仰起脸眼巴巴地看着，扁嘴想哭。我们在一旁看得直乐。此时正是金橘的节令，在等游船时买上一袋阳朔金橘，对着汤汤江水远山近黛，边吃果边赏景。这金弹一般的小果，果汁清甜，果香浓郁，便可以忽略那久候不至的游船和焦灼的游客的嘈嘈喳喳。

苏东坡说，“一年好景君须记，最是橙黄橘绿时”。每年的尾夏初秋橙子黄熟上市的时候，金橘还青青地挂在枝上，要过了立冬，金橘才渐渐成熟，圆小讨喜的长相，亮如黄金的色泽，很快便成为新宠。秋天是中医里所说的养肺之季，此时收获的金橘恰好有理气清肺之功，怎么看，都像是植物界和节令的一次善意合谋。

在广西，金橘并不是稀罕的水果，全境可种，品质却大不相同，桂中一带往北的金橘品质出众，尤以柳州的融安和桂林的阳朔为最。我们在金橘收获时节到了融安县的富乐村，一路上红壤绿树修竹白茅，富乐村坐落在山谷之中，几十户人家，房子依山而建。这段时间阴雨不断，果农给金橘树蒙上薄膜，以防果实沾上雨雾后容易变坏，远远看着倒好像山

Fortunella margarita (Lour.) Swingle

金橘

坡上长出了一颗颗费列罗雪莎巧克力。南中国的冬，草木不凋，可一旦久雨成淫，连月不开，天空便被湿重的水汽浸成了铅灰，薄膜之下那满树红灯笼一样的金橘果，便是这个铅灰暗绿的冬日里的点点红，给灰耷耷的情绪里兑入了轻松的亮色调。果农家的厅堂和两侧的房子里全是当地的特产滑皮金橘，堆得高高的，像金色的小山。滑皮金橘之名得自于这个品种的果皮质地光滑，几乎看不到表皮的油胞，细腻得如同婴儿的皮肤。咬一口，“噗”一声脆响，清甜的汁液破壁而出，更难得的是，令人生畏的酸涩麻辣的滋味荡然无存。这样清甜完美的金橘，初次接触时竟令我有点儿猝不及防。

金橘在我小时候的印象中就是吃药的滋味，果肉酸得难以下咽，橘皮汁水丰富，虽带点甜，但更多的是苦和辣，刺激得舌尖和嘴唇麻木不堪。吃到肚子里，有一种火辣辣的感觉，稍多吃几个，浊气上涌，直冲脑门，鼻管酸涨，眼泪直冒，脑袋发麻，整个人就好像将要被发射的神七火箭。后来我第一次吃芥末的感觉就和这相似，恨不得想扯着头发把这股冲劲从脑袋上拔除掉。

这样的金橘可不该是小孩子的水果，正如同苦瓜也不是小孩子的菜。这些滋味哪是阅历单一的孩子会喜欢上的呢？辛、酸、苦、麻，如同人生的况味，都是只有经历过生活艰苦、情感波折、人事磨砺的人才会体味到的滋味。那么年轻，那样既生动又苍白的娇嫩年华，哪里承受得起这般五味杂陈？ 南方的水果中带酸味的不少，我们总能找出各种方法来对付。可以加糖，又或者加点儿盐和辣椒粉，比如土杨桃、土枇杷、还未成熟的青芒果，都酸中微微带涩，用酱油加糖和辣椒料理，肚子早已胀饱，嘴巴还舍不得停下。只有金橘，个性得要死，盐糖醋酱都拿它毫无办法，唯有将其烹煮炖熬，于是有了金橘饼和咸金橘。

小时候我虽然对金橘避之不及，对金橘饼和咸金橘却来者不拒。金橘饼是将金橘经水烫后加糖熬制压扁成饼状烘干，咸金橘则是金橘加甘草和盐腌制而成，同样可以化痰止咳，声音沙哑，也可用它来对付。这两种凉果可以在家里自己做，但杂货铺里卖的更好吃，因为加了更多配料。放在杂货店木架玻璃柜上的大玻璃罐里，永远对我发出热情的邀约。每次把钱递给卖货的阿姨，等待橘饼时眼睛里闪烁的热望，此生大概也只有与恋人对视可与之相比。

玻璃罐里的每一种零食都对孩子充满着极大的诱惑：瓜子、话梅、橄榄、橘饼、咸金橘、水果糖。水果糖一分钱一颗，一角钱可得两个小橘饼或者三颗咸金橘，用铁皮方头小铲铲起后，装在用裁好的纸做成的三角包里，散发出甘香而绵长的气息。橘饼拿在手上，嘣嘣啃啃能吃上好半天。咸金橘用来泡水，加入白糖，甜咸交错，但相得亦彰，越喝越上瘾。橘皮的苦辣和果肉的酸涩早已被时间和糖分盐分揉搓殆尽，只剩下金橘的芬香和耐得咀嚼与回味的甘咸。

想到这些小时候的零食，我问果农：“做不做橘饼和咸金橘？”果农笑了：“这么甜的金橘，别人早早就订光了，卖都不够啊！”是啊，如今的金橘，无须用糖熬煮，已然足够清甜，这样出色的金橘，是小时候的我绝想不到的。现代的农业科学技术，将一颗个性张扬的金橘从“刁蛮公主”变成了温良恭俭让的“温婉淑女”。

【小雪】

11 月 22 日 -23 日

虹藏不见

天气上腾

闭塞成冬

气温下降，开始降雪，但雪量不大。这时候的日照不强，水汽减少，虹缺乏形成的条件，便不再出现了。天空中阳气上升，地中阴气下降，致使阴阳不交，天地闭塞，万物失去了生机，开始转入严寒。

Raphanus sativus L.

萝卜

RADISH

50 萝卜

萝卜

Raphanus sativus L.

萝卜

别名：莱菔，十字花科萝卜属植物。一年或二年生草本，直根肉质，长圆形、球形或圆锥形，外皮绿色、白色或红色，可作蔬菜食用；花白色或粉红色。花期4–5月，果期5–6月。

萝卜四季都可以种植，也可以采收，根据收获时节不同，萝卜有不同的称呼，春天的萝卜叫“破地锥”，夏天的萝卜叫“夏生”，秋天的叫“萝卜”，冬天的叫“地酥”。

但是入秋之后，还是感觉到和一年里其他时候的不一样，萝卜是明显多起来了，堆得高高的，像座小山，菜农大声夸着自己的萝卜，看有人感兴趣，刀刃白光一闪，萝卜断作两截，菜农提起一截夸耀着：“又脆又多汁！”

萝卜的原产地不在中国，但是在我国的种植历史十分悠久，《诗经》的句子“采葑采菲，无以下体”中的“菲”指的就是萝卜。“葑”指的是蔓菁，这两类植物都是收获土下的根茎以食用，地面的叶子部分虽然略粗且带苦味，也是有用处的。所以“葑菲”一词被人用作自谦虽然鄙陋也尚有一德可用。其实，萝卜缨在南方常有人食用。菜市里卖萝卜，旁边都堆着一堆削下来的萝卜缨子，时不时有人问要，卖菜的人便很豪气地让他全部拿走，自己也省得过后收拾。萝卜缨洗干净晾干水，加盐揉搓，用糖、醋、辣椒腌上一日，就是一道美味的酸料。海边的渔民把萝卜缨切碎，加入粗盐装坛发酵，用这样咸中带酸的萝卜缨炒肥厚的红螺，咸酸鲜融合，下饭最佳。

我是在北方住下来后，才知道萝卜的品种真不少，虽然比不过牡丹有魏紫、姚黄、黑花魁、二乔那样的百多个品种。在农民的眼里，萝卜可远比花开时节动京城的牡丹要动人得多。牡丹好看，能吃吗？花瓣裹面糊炸呗。能饱肚子？总之农民是不喜欢那套虚的。我见过一个农民大姐，种了半辈子绿豆，问起来绿豆花是什么颜色，她竟然半天想不起来。她说：“哎呀，我这脑袋瓜儿，不过呢，我只管能收获绿豆，那花长什么颜色都没关系，能长绿豆就行。”是呀，农民们就喜欢实实在在有意义的东西，萝卜对他们是有意义的，春种夏收，夏种秋收，迎着朝阳，顶着烈日，送走夕阳，辛勤劳作，然后收获，换回油盐鞋布钱，盖房子，育儿孙。

我生活在南方时只知道有白萝卜，看到童话书里把萝卜画成圆圆红红的样子，还以为是为了艺术的需要。有一年父亲从北京带回水蜜桃和一个“心里美”萝卜，才知道萝卜竟然能长得这么美丽，外皮翠绿，内里是玫红间白色，口感脆而多汁，真是色香味形皆好。南方、北方都种植白萝卜，不知是不是水土问题，南方的萝卜很辣，不能直接食用。如果要生吃，也需用盐、糖、醋腌拌。

在北方就常常看见有人把萝卜当水果，咔嚓咔嚓，眉心纹丝不皱。绿皮红心的“心里美”萝卜，用来做泡菜最佳，泡出来的水红红的，好看。樱桃萝卜圆圆小小，说是樱桃萝卜，其实比樱桃要大，和李子差不多大小。用刀背把它们拍裂后，加糖、醋、生抽、麻油那么一拌，脆生生的，好吃。

汪曾祺先生给水萝卜起了个动人的名字叫“杨花萝卜”，因为上市的时候杨花正开。“杨花萝卜”个头比胡萝卜圆，略短，红皮白心，很多人直接当水果吃。我害怕那股芥子辣味，还是要拌了吃。用瓜刨把杨花萝卜刨成薄片，用生抽、香油和醋调味，生抽的酱色若是下手重了会染污那份清秀，就可以先用盐杀一杀，然后以跑马一般的速度飞快地浇上薄薄一层生抽。雪白的薄片，围一圈细细的玫红，这样的“杨花萝卜”，是吃食，也是精致的画。

还有一种萝卜叫“高脚青”，皮和肉都色青如玉，体态细长匀称，尾部纯白，汁多肉甜。严冬之后，可以当水果生吃，祛痰、降火、助消化。“高脚青”是山东潍县的特产，郑板桥在潍县当县令时写过几首萝卜诗，其中有一首写道，“东北人参莱阳梨，不及潍县萝卜皮。今日厚礼奉钦差，能去魔道兼顺气”。

我没买过“高脚青”，但买过天津的沙窝萝卜，看起来很像“高脚青”。农民说：“赛过梨，甜！”我尝了一口，不像白萝卜那么辣口，但也有脾气，便用来炖骨头汤，煮出来有种像淀粉类植物的沙软，怪！

郑板桥的诗里提到萝卜的顺气作用。朋友的公公，九十岁的老人，红光满面，声音宏亮，每天上床前吃几片自己泡的萝卜，老人家的理论是，“上床萝卜下床姜，不用医生开药方”。有段时间我的睡眠不好，去看医生。医生不开药方，说：“回去买几只萝卜熬水喝，补补气就行了。”我回来后便照着做了，不知道是不是心理作用，还真的调理过来了。

汪曾祺、周作人、邓云乡这些大家都在文章中描写过北京寒冷的冬季里巷子口那一声高亢的“萝卜赛梨啊——辣了换！”萝卜如今都在菜市里卖，冬吃萝卜夏吃姜，冬天萝卜赛人参，买回家去，切块炖猪骨，切块煲牛腩，切块红烧，或者，切条搓盐晒干了当咸菜。

苏东坡很会弄吃，烹制食物也注重食物的原味。他做黄州猪肉，“净洗锅，少着水，柴头罨烟焰不起。待他自熟莫催他，火候足时他自美”。他还有一个“三白饭”，所谓三白，就是一撮盐、一碟萝卜、一碗饭。他曾说：“某与舍弟习制科时，日享三白，食之甚美，不复信世间有八珍也。”若要列几样有中国“味儿”的蔬菜，萝卜和大白菜都当之无愧。

我爸常做一道菜，萝卜炒牛肉。把白萝卜切薄片，先撒薄盐析出水分，炒之前把盐水挤干，加一点儿醋略腌，热锅快炒牛肉，加入萝卜同炒。萝卜是脆的，香气还在，配上牛肉，不卑不亢，相得益彰。同学听说了觉得有点怪，回家依样做了，告诉我：“清新，好吃。”我每每想念父亲的时候，也做这样的一道萝卜炒牛肉。

POTATO

51 马铃薯

马铃薯

Solanum tuberosum

马铃薯

别名：洋芋、土豆、山药蛋，茄科茄属植物。草本，地下茎块状，扁圆形或长圆形，外皮浅黄色、淡红色或紫色，富含淀粉，可供食用。叶为奇数不相等的羽状复叶，花白色或蓝紫色，萼钟形，花期夏季。

前几天去鼓楼菜市场赶早市。早市里摆满了马铃薯（土豆），应该是到了新一轮马铃薯上市的时间。各种各样的马铃薯，圆小如鸡蛋的，大如拳头的，黄色的、紫色的，还有一种果实，花生米大小，像缩小了好多好多的马铃薯，摊主说这是“山药豆”，和山药长在同一棵植物上，只不过山药是长在土里的根茎，而山药豆长在出露地面的藤蔓上。他说的山药不是马铃薯，而是薯蓣。

马铃薯的品种很多，汪曾祺先生当年被打成右派，在沽源画过一百多个品种的马铃薯，集成《中国马铃薯图谱》，可惜书稿在“文革”中被毁掉了，想来以先生的笔风，这部图谱读来该是何等享受。汪曾祺先生自

Solanum tuberosum

马铃薯

己也甚感遗憾，因为那是他“一生中一部很奇怪的作品”。他画马铃薯的花和叶，画完薯块时就烤烤吃掉。他画过各种各样的品种，以至说，“我敢说，像我一样吃过那么多品种的马铃薯的，全国绝无第二人”。

马铃薯大约是在明朝万历年间从国外传入中国的，徐光启的《农政全书》中记载：“土芋，又叫土豆，或叫黄独，蔓生叶如豆，根圆如鸡卵，内白皮黄……煮食，亦可蒸食。又煮芋汁，洗腻衣，洁白如玉。”当时的人不仅食用马铃薯，还知道马铃薯能去污。煮马铃薯汁来洗衣服我没有尝试过，但是用马铃薯皮来清洁茶杯的茶垢，倒是十分有效。马铃薯还可以消肿。有一次我不小心崴了脚，脚背肿起老高，馒头似的，打电话回家诉苦，妈妈说，把马铃薯切薄片敷伤处，马铃薯片变软变色后换上新的继续敷，就可以消肿。我依着做了，果然效果明显。

但是，妈妈却很不会用马铃薯来做菜。印象中只记得吃过一回，是将马铃薯整只蒸熟了，然后像芋头一样蘸白糖吃。可是马铃薯不香，口感也比芋头差远了，留给我一个寡淡无味的印象，这样的偏见令我在后来很长的时间里，弃马铃薯如敝屣。我的孩子却很爱吃马铃薯，所以我让自己学会了好几样马铃薯菜，炸薯条、炖牛腩、薯泥、切丝醋熘，怎么做他都喜欢吃。最简单的一道是从电视剧里看来的，一个热爱烹饪的小伙子跑到法国学习做西餐，一穷二白，有一天朋友来吃饭，家里只有两只马铃薯，他便用锡纸包上马铃薯，原只烤熟之后，把锡纸划开一角，放上黄油半块，黄油在滚烫的马铃薯之上瞬间便融化了，再滴上几滴酱油，吃得同样穷困潦倒的两位朋友热泪盈眶。后来，这人成了王宫里的御厨。我最喜欢的是切丝醋熘。细细的丝用水漂去淀粉质；红色牛角椒一只开边去籽，也切成丝；大蒜两粒切薄片。热锅下油，加几颗花椒爆出香味，捞起弃用，再下蒜片，微黄泛香时倒入马铃薯丝，加盐加醋翻炒，阳台上自种的葱苗掐几段，配个颜色。这一道醋熘土豆丝酸鲜带脆，土豆丝的浅黄色配上牛角椒的红和葱段的绿，让人心生喜悦。

马铃薯表面的那些凹下去的小眼，每一个都隐藏着一个幼芽，只要湿度和温度合适，就会发芽，小小芽眼的生命终极目标是长成另一棵新的植株，结出新的马铃薯。我试着留下一只马铃薯，半个月之后，果然有几个小眼都萌发了小小的紫红色的芽。我把它们切成小块，种在花盆里，但这些小芽花了将近一个月的时间，叶子才终于拱出泥土，浅浅的绿，叶背毛茸茸的。此前我好多次担心它不会再发芽，很想把它们挖掉好换种其他植物，是一点点耐心和好奇心让我坚持了下来。后来我看到一个人写自己种马铃薯的经历。因为不施化肥，他的马铃薯长得非常慢而且瘦小，有一天，看到别人家肥壮的马铃薯，他终于气不过，找一棵最小的苗“下了毒手”，泥土被掘开的瞬间他惊呆了，这棵瘦小的苗的根部聚拢着五六个小马铃薯，他于是不停地问自己：“为什么不相信土地。”

是呀，为什么不相信土地。土地是什么？土地是耐心，土地是踏实，土地是诚恳，土地是相信耕耘相信付出相信水到渠成。我现在终于安下心来，等待马铃薯在小小的花盆里开花的日子，汪曾祺先生说过，“马铃薯开了花，真是像翻滚着雪浪”。虽然我知道，我不会看到这片雪浪，但是，我会看清它的每一个细节。

【大雪】

12 月 6 日 -8 日

鹖鴠不鸣

虎始交

荔挺出

大雪纷纷，天地清冷肃静，寒号鸟（鹖鴠）停止了鸣叫。老虎感受到微弱的阳气萌动，开始交配繁衍后代。马蔺（荔）感受到了阳气萌动，生长露出地面。

Ipomoea batatas (L.) Lam.

番薯

SWEET POTATO

52 番薯

番薯

Ipomoea batatas (L.) Lam.

番薯

别名：甘薯、地瓜，旋花科番薯属植物，一年生草本，地下部分具圆形、椭圆形或纺锤形的块根，块根的形状、皮色和肉色因品种或土壤不同而异。

花冠粉红色、白色、淡紫色或紫色，开花习性随品种和生长条件而不同。

南国的初冬，没有太阳的时候，冷风飕飕，寒气侵骨。天空不时飘下牛毛一样的雨，雨丝落在树叶、草丛、发丝上，积成一层银白色的茸毛，城郊的村落和树林像罩在一层烟雾之中。

这个时候，番薯早已收获完毕，新的薯种还没种下，灰扑扑的大地无遮无掩地暴露在天穹之下，但这么一副荒芜的模样可骗不过那些正闲得发慌的小子，他们知道地里还藏着宝藏。一番挖呀掏呀的折腾之后，总能弄到一小堆农民遗漏的番薯。有的只是像拇指大小的刨断的根，可是像胡萝卜粗细的小番薯也不少。就地用泥巴垒一个窑，找来树枝和干枯的稻茬，烧！土块从黄褐色慢慢变成暗红再到深红橙红，当土块烧到通红，赶紧撤火，把番薯丢进滚烫的土窑中，把土窑打烂弄塌，让泥块滚烫的热力去焖焗番薯。

这时候有一件非常重要的事情需要有人去完成，那就是要把窑鬼赶跑。据说窑鬼是个好吃货，如果不赶跑它，番薯就会被它吃光光。和找树枝、找稻茬一样，这项任务自然还是落在年纪最小的三两个孩子身上，他们于是积极而尽责地跑开了。窑鬼当然是看不见的，又惦记着香喷喷的烤番薯，只好漫无目的装模作样地四下里吆喝一番了事。当他们急急赶回，烤番薯早已被大孩子们吃光，留下地上一堆黑乎乎的皮和几缕尚未散尽的微弱余烟。

这样一场有趣的红薯窑是很多人年少时的美好回忆。番薯和马铃薯一样，其貌不扬，但也是进口货，明朝时才进入中国栽培。番薯的传入有好几个版本，最惊心动魄的版本出自清光绪年间的《电白县志》：电白人林怀兰精通医术，在一次出游时治好了交趾（越南）一名守关将领的病，将领推荐他去为国王女儿治病。公主痊愈，国王赏赐林怀兰吃番薯（当时番薯算是一种稀贵之物）。林怀兰把半截生番薯藏在怀里，辞别国王，准备偷偷带回中国。当时越南有法令，私运番薯出关者当斩。林怀兰私带的番薯被关将搜出，关将凛然道："我食君之禄，放你是不忠；但是你治好了我的病，负你是不义。"关将放走林怀兰，自己投水而亡。这后半出，完全就是番薯界的"搜孤救孤"呀！

赵氏孤儿在程婴的保护下得以幸存，而林怀兰也终于将番薯带回，并在广东地区广泛种植，日后又传遍中国南北。如今在广东的电白还有座怀兰祠，题匾为番薯林公庙，关将陪侍在林怀兰的塑像旁。在从前粮食短缺的漫长年代里，番薯是充饥的代粮，救下很多人的性命，为林公立祠，实不为过。

番薯在人类那里得到的待遇是一波三折跌宕起伏。在困难年代里它是救命之物，生活好了之后，它又渐渐不被重视，有那么一个时期，吃番薯好像还是一桩很不光彩的事，我就不止一次听人说起：“当初为了不再吃番薯而拼命读书，没想到读了几十年书出来，挣了钱，如今还是吃番薯。”如今吃番薯和从前吃番薯又大不一样，从前的吃是为果腹，如今的吃却因为番薯有着各种保健养生的作用。不过，为了逃避一辈子只能吃番薯果腹而发愤读书，番薯着实改变了不少人的人生，也算是“励志果”了吧。

番薯的生长十分朴实，不挑剔土壤的贫瘠，也能默默忍受水分的缺失，它开出的花也很家常，长得就像平常见惯的牵牛花，因为它们都是旋花科的植物。它就是这样自然而然地生长，不因人的冷遇或高看而改变自己，倒是人类，在大自然面前，有时显得那样的功利。

番薯分红心和白心，白心番薯含糖少，一般用来油炸、煮糖水或做薯粉；红心的味道香甜浓厚，适合烤食或制作糕点馅料；紫薯也是红心的一种，只是果肉里因为含有更多的花青素就变成了深紫色。防城港有个番薯的品种叫“红姑娘”，红皮紫心，糖度高，据说是种在海边沙地，土壤沙松，日照强的缘故。海边还有海猪，这个海猪不是那个儒艮“美人鱼”，只是在海边豢养的猪，渔民用“红姑娘”来喂养，肉质特别香嫩。

儿子向来不喜欢吃番薯，为了让他多吃些杂粮，我想了个办法。把买来的番薯削皮切块，上锅蒸熟，趁薯块热气腾腾时加入适量黄油、牛奶或者炼奶一起弄成薯泥，然后装入蛋糕模，在表面铺上马苏里拉奶酪，预热烤箱，180 摄氏度时下火，因为薯泥本身已经煮熟，所以只需要照看马苏里拉，让它的颜色变得令你喜欢就好了。这种做法其实不止适用于番薯，也适用芋头和马铃薯。

香喷喷的烤薯泥端上桌，儿子以风卷残云之势一扫而空，他挨近来夸我："妈妈你真厉害，味道好极了，无与伦比。大人总是怪小孩不喜欢吃红薯，看来根本不是红薯的错，这样的红薯就很好吃。只要大人花点儿心思，变个花样，小孩一定会主动要求吃红薯的。"

儿子身上有种与生俱来的政委特质，我做出的食物总会得到他的赞扬，听着开心，便更卖劲儿变着花样给他做各种好吃的，除了因为做妈妈的职责，还因为知道他总会欣赏。人的能力是一方面，欣赏和鼓励能激发更多的潜能和更多的动力。其实不光是父母对孩子，也不光是朋友之间，同事之间，人与人相处都需要相互的欣赏，这一点上，儿子一直是我的老师。

ECHEVERIA

53 石莲

石莲 落地生根

Sinocrassula indica (Decne.) Berger

石莲

别名：宝石花，景天科石莲属植物，基生叶莲座状，匙状长圆形，花序圆锥状或近伞房状，花瓣 5 片，红色，披针形至卵形。花期 7–10 月。

Bryophyllum pinnatum (L. f.) Oken

落地生根

景天科落地生根属植物。多年生草本，茎有分枝，羽状复叶，边缘有圆齿，圆齿底部容易生芽，芽长大后落地即成一新植物；花冠高脚碟形，淡红色或紫红色。花期 1–3 月。

距离南宁大约九十公里的宾阳是一座古老的城，古老的城里有一门古老的手艺和活动，扎炮龙，过炮龙节。炮龙是用竹条和纸做成的，做好之后要在元宵节的时候把龙烧掉，据说是从宋代狄青的时候留下的传统，原本只是在作战时麻痹敌人的一个战术，如今燃烧炮龙的意义演变成了

Sinocrassula indica (Decne.) Berger

石莲

人们对风调雨顺、兴旺多福的祈愿。

宾阳城里还有一样古老的美食，冰冰凉凉酸酸甜甜的宾阳酸粉，这是到宾阳必不能错过的。不分四季，酸粉的酸甜滑爽随时可以虏获我。吃过酸粉，跟着朋友去镇上看望扎了一辈子炮龙的冯老人。走在街上，朋友竟找不到老人的家，他来回走了几趟，终于在一大堆砖石和水泥后面发现了一条窄窄的道，尽头是一个小小的门，门后是一个老旧的院落。须发皆白的冯老人带我们到厅堂，厅堂里光线昏暗，从墙体的剥蚀看得出有了年头。朋友和冯老人相熟，热络地聊着天。“上两个月一场大火，房子被烧掉了。明年你们再来，新房就建好了。没事，火烧过更旺。”

老人今年七十六岁，从年轻时就开始做炮龙，如今眼神虽然不好，每年也还是要做上几条龙，这是一辈子的情结。厅堂的地上摆着几只竹子编织的球状物，这是让龙衔在嘴里的“龙珠”，老人拿起一颗让我们细看，比网球大不了多少的龙珠上面，密密麻麻地用细铁丝做了好几十个结。抢“龙珠”是炮龙节的高潮，谁抢到龙珠，便是得到了天大的福气，但护龙人的职责却是要守护龙珠不被抢走,所以在做炮龙的时候就要给“龙珠”加上重重保护。

几只已经做好的龙头倚靠在墙上，用一层层的白棉纸糊好，再用漆彩细细描出龙鳞、龙睛。墙上挂满锦旗和奖状，老人说起来满脸放光，是荣誉，是历史，也是他的青春。老人家中那小小旧旧的院落里种了很多花，其中不少植物看得出都曾经浴火，可是如今又绽出了新绿。一盆石莲极为惹眼，肉瓣肥厚、茂密、繁盛。看我喜欢，老人便撅了几茎给我，“很

Bryophyllum pinnatum (L. f.) Oken

落地生根

好养，生命力强。”声音洪亮而干脆，这个声音还说过“没事，火烧过更旺”。

石莲确实生命力强，这种多肉植物因为叶瓣肥厚，得个诨名“厚脸皮”。如今多肉植物成了新宠，有的还卖到很高的价钱。小时候却是家家户户都有，就那样随意地养在土盆里，不用费心打理，而且还很容易生发，一片叶子就能发育成一棵新的植物，并不金贵。

那时喜欢种的除了石莲，还有“落地生根”，也是不屈不挠的植物。“落地生根”的大叶片上生长着小叶片，小小的叶片在潮湿的空气里，很容易便长出细细的气根，一旦掉落，就能成活，重新长成一棵新的植株。“落地生根”的花很好看，像一只只细长的风铃。另一种“棒叶落地生根”的绰号更难听，叫“鼻涕虫”，褐绿色细长的圆茎一折断，便滴流出芦荟汁一样的黏液。它不光长在花盆里，还时常长在人家的瓦顶上，小时候我常常迷惑它是怎样爬到屋顶之上的。我们给它起这样难听的名字，鄙弃它，可是有一天它忽然开了橘红色的花，长而圆，像十几只铜红色的小号，吹奏着属于自己的歌。

我把从老人那里带回的石莲种在阳台的花盆里，很快就繁衍成片，掉落的叶片继续生长出新的石莲。一次长时间的假期回来后，阳台上大多的植物都枯蔫了，只有石莲仍然蓬勃生长，有两丛还抽出了花茎，已经裂开了肉芽红色的花瓣。一片石莲的叶瓣掉落在阳台的地砖上，无土无水，叶子已经发蔫了，只靠着南方这潮湿的空气，从叶根又长出几丝气根，倔强地生长。这种生命力的顽强实在是令我动容。

同学快上小学的女儿迷上了植物，总缠着妈妈带她上花市买花。我说：“让她种太阳花和多肉植物吧。太阳花是夏天里给人欢乐的花，易活快长。而多肉植物呢，掉落的叶瓣，只要有一点点的水分和泥土，就会重新长出根芽。小小的她可以从植物身上学到生命是多么地努力，又生生不息。”

BASSIA SCOPARIA

54 地肤 地肤

Kochia scoparia (L.) Schrad.

地肤

别名：扫帚草、孔雀松，藜科地肤属植物。一年生草本，高 50–100 厘米。茎直立，圆柱状，淡绿色或带紫红色，有多数条棱，分枝稀疏，斜上。叶为平面叶，披针形或条状披针形；花两性或雌性，花期 6–9 月，果期 7–10 月。

在国家图书馆看书。冬天的图书馆，除了常绿的松柏，没有更多的绿意。有一本民国时期的营业写真，一图一诗，图文并茂地留下了民国时期的三百六十行的营业写照，比如卖布匹、西瓜、发糕、修棕棚、修桶、补缸、剃头等。其中有一则是“卖扫帚”，“扫帚一物家家有，打扫房屋除尘垢。芦花软熟竹枝刚，更有高粱与棕帚。嗟嗟国耻难扫除，怆怀时事每唏嘘。安得有人持铁帚，扫平多难快何如”。感觉写得真是好，短短几行，从一个普普通通的家常用物写到家国情怀。

做扫帚的材料很多，小诗中就提到了竹、芦、高粱和棕毛，但没有提到地肤。地肤是一种一年生草本植物，冬天的时候会干枯，枯枝可以用来做扫帚。新扫帚毛茸茸的，扫在地上，发出柔和的沙沙声，像春雨淅淅沥沥，也像春蚕吃桑叶。但是很容易坏，细碎如线的棕色干叶子用不了几次会秃掉，虽然不妨碍继续使用，但就再扫不出那种柔柔的沙沙声。

我见到鲜活的扫帚枝是在小学同学家的大院里。她家住在离学校不远的粮食局大米厂，放学后常常领着我们去玩。除了夏收秋收季节，平常厂里的机器是闲置的，偶尔我们会在里面玩捉迷藏。到了收粮季节，平日里安安静静的高大机器便全都动起来了，日夜不停，大米哗哗地从铁皮槽流下来，装进麻袋里，过磅之后，工人便用一根穿着麻绳的粗大牛针飞快地把袋口缝起来，然后一袋袋大米会运到粮所的仓库存放。

一旦机器开动，我们就只能远远地站在一个椭圆形的花坛上观望。花坛边种着一棵鸡蛋花树，黄白色的花朵散发出甜甜的香味，虽然年纪尚小，也知这花簪在发际，人会变得美丽。花坛里还种着几丛圆圆的绿植，叶

Kochia scoparia (L.) Schrad.

地肤

3 子细小，绿得像春水，同学说这是扫帚草，做扫帚用的，我将信将疑，因为它绿得实在太青翠，怎么也想不到棕不溜秋不起眼的扫帚，前生如此美丽。后来才知道，“扫帚草”的学名叫地肤，是有名的园艺植物，冬天会变得通红，枝干干枯后就用来做扫帚。

地肤的嫩芽可吃，明代王西楼在《野菜谱》里把地肤称作扫帚荠，“扫帚荠，青簇簇，去年不收空倚屋。但愿今年收两熟，场头扫帚扫尽秃”。扫帚荠春天采摘，煮熟后食用，有人把地肤的嫩芽掐下来包饺子，想来吃过地肤饺子的人实在不会多。如今家家户户都用吸尘器、扫地机，除了用来扫扫毛发的小棕毛刷，家里有扫帚的恐怕不多了。日本的京都有一家扫帚店，是祖传的生意，已经传承了好几代，最辉煌的历史是有一把一体成形的扫帚在博览会上展出过。这家扫帚店做的扫帚不只美观，还好用，轻轻一挥就可以把小纸屑扫出去。日本作家寿岳章子和这家店打了六十多年的交道，写起来十分动情。我看到这样用心制作心手合一的用具的人，就难免会想到贾岛诗里十年磨一剑的剑客。

前年到柳州融水县的元宝山，一路上只顾着看路边的野草野花，和朋友走散了，瞎头盲脑地撞进一间屋子，地上堆满了农具和旧物什，几只手编藤盒挂在木头墙壁上，盒面落满了灰，盒子的一侧被摩挲得油亮，用个时髦的词说是“包浆”。瑶民说这是当年上山砍柴下地干活时用来装糯米饭和咸菜腊味的饭盒，现在改用塑料饭盒，藤盒早已不用了，会编藤盒的人年纪也都大了，因为在日常用不上，年轻人也不肯学，如今村子里还会这门手艺的人已经不多。闻之怅然。

编藤盒用的是生长在山上的藤条，编出的盒子天然、透气，饭装在里面不容易变馊。虽然只是一个日常的用具，但是编织的时候却毫不随意，盒子和盒身编成了两种不同的图案，这样的器物，不仅实用，还反映着山民纯朴自然的审美。更重要的是，手与物在使用过程中留下的印迹，隐藏于藤盒背后的历史和传统的痕迹，这样的盒子散发出由里到外真正的美丽。你如何能想象将一只塑料饭盒摩挲至包浆？无论是普通的扫帚，还是藤编的饭盒，一样简单的器具也坚持做到美观、实用，这些手艺不只是遵循着工艺之道，也是匠人之心与平凡世界之间深深的缘分吧？

我特意到乡里的市集寻找，市集上还能看到手编的刀篓、背篓和提篮，但藤编的饭盒一直没有找着。我再一次看到，是在瑶族民俗博物馆里，美丽的手编盒悬挂在墙上，在我与它之间，有一道不锈钢做成的栏杆，我只能远远地看着它。

【冬至】

12 月 21 日 -23 日

蚯蚓结

麋角解

水泉动

阴极之至，阳气始生。此时阳气虽已生长，但阴气仍然十分强盛，蚯蚓仍然在泥土中蜷曲着身体。麋乃生活在水边的阴兽，因感觉到了阴气渐退而脱落下麋角。山中泉水因阳气而生暖，潺潺流淌。

Hibiscus rosa-sinensis Linn.

朱槿

CHINESE HIBISCUS

55 朱槿 朱槿

Hibiscus rosa-sinensis Linn.

朱槿

别名：扶桑、大红花，锦葵科木槿属植物。常绿灌木，叶阔卵形或狭卵形，花冠漏斗形，玫瑰红色或淡红、淡黄等色，花期全年。

在南方，冬天里的红就是朱槿和朱缨花。可是朱缨花细软的花丝常常被冬天的潮湿弄得垂头耷脑，只有朱槿，永远不知忧愁地盛开着。朱槿在一年四季里花开不断，寒冷的冬天，因为有了朱槿热烈的红色，就不感觉那么冷肃萧条。

我从小便见惯朱槿，那时并不知道它有个美丽的名字叫扶桑，我们都叫它“大红花”，嫌它名字土，还嫌它红得俗艳。可是在众多的花里，它又挺能讨孩子的欢心。就像你嫌弃班里有的孩子不爱学习、不时爱撒点儿小谎，却古灵精怪，跟他们在一起，好像世界也变得有趣多了。朱槿就是那个不是特别招人待见的小孩。不过花对孩子的意义，从来不是用来赏，更多的是实用性。比如，可以吃。“酸咪咪”（酢浆草）的叶子酸，凤凰花的花瓣涩，朱槿的花心可是甜得像蜜。又或者，可以玩。凤仙花可以染指甲，胭脂花有像小地雷一样的种子，酢浆草的种子成熟之后，碰一碰就会像手枪一样射出一连串的“子弹”。朱槿呢？撕开它的花瓣，只留下那根长长的雄蕊柱，蕊柱上带着滑溜溜的黏液，用力把它摁在额上，长长地垂下来，像顾盼生色的印度女子。

我看到过一帧塔希提女子的照片：傍晚的水塘，阳光虽然已经不再咄咄逼人，但仍感觉到暑气。岸边绿草如墙，一位穿着红色裸肩纱笼的女子站在及膝的河水中，低着头，鬓角簪着一朵红花，我从那红得既艳又正的花色中判断，这是朱槿。塔希提女人喜欢让花来替自己说出心里的话，花在左边是表示已婚，簪在右边则是待字闺中，若是戴在中间，便是告诉心仪的男子：“我希望你看到我，许我一世的执手偕老。”

宋代书法家蔡襄的字我是极喜欢的，沉稳端丽，清隽雅致。蔡襄喜欢花，写过不少关于花的诗，桃花、素馨都是他笔下的宠儿。他在福建漳州做官时，为晚秋时节的佛桑（朱槿的另一个名称）作诗道，“溪馆初寒似早春，寒花相倚媚行人。可怜万木凋零尽，独见繁枝烂漫新。清艳衣沾云表露，幽香时过辙中尘。名园不肯争颜色，灼灼夭桃野水滨”。蔡襄四十岁蒙召入京，离开前专门去看了佛桑。途中，他写出了被后人称为“此公第一小行书”的《自书诗帖》，通篇着笔轻松，不掩快意。

蔡襄的诗对朱槿的描述只说对了一部分，“可怜万木凋零尽，独见繁枝烂漫新”，这种木槿属的植物滥生贱长，插枝便能活，终年常绿，常年开花，可是，它不香，真的一点儿都不香。我国现存最早的一部植物志是竹林七贤之一嵇康的侄孙嵇含的《南方草木状》，里面准确地点出了朱槿的几大特征：“茎叶皆如桑；自二月开花，至中冬即歇；其花深红色，五出，大如蜀葵，有蕊一条，长于花叶，上缀金屑，日光所烁，疑若焰生；朝开暮落；插枝即活。”唐代刘恂的《岭表录异》沿用了嵇含的大部分描述，但加了一条：“虽繁而有艳，且近而无香。”“幽香时过辙中尘”，只是蔡襄的浪漫想象罢了。

很小的时候就听大人说过，“香花不红，红花不香”，在自然界里，虽然也有玫瑰、月季和水仙、百合这样又美又香的土豪，但是颜色鲜艳的花大多不香，张爱玲就恨极海棠无香。有浓郁香味的花多数是白色：水仙、白百合、茉莉、玉兰、姜花、忍冬、栀子、含笑、玉簪……就像亦舒笔下那些主角，一身白色麻质衣裳，清新自然，不假颜色，腹有诗书气自华。

“香花不红，红花不香”，其实是生物界的一种生存法则。植物的繁衍需要传粉，传媒之一是昆虫。颜色鲜艳的花可以刺激昆虫的视觉，颜色浅的花就需要通过释放花香来吸引传粉者。生物界实际上是能量的利用与生存的策略，枝叶花果都需要能量，花色和花香会消耗植物的能量，只有高效、合理地利用能量，才能战胜自然中的各种不测而万代繁衍。

所以，又艳又香，那真的是一种奢侈。

Saccharum officinarum Linn.

甘蔗

SUGAR-CANE

56 甘蔗

甘蔗

Saccharum officinarum Linn.

甘蔗

禾本科甘蔗属植物。多年生高大实心草本。根状茎粗壮发达，叶片长达 1 米，边缘具锯齿状。温带和热带农作物，是制造蔗糖的原料。

马其顿的亚历山大大帝东征印度，部下说，印度出产一种不需蜜蜂就能产出蜜糖的草。这种产蜜的草，就是甘蔗。

甘蔗的生长从春到秋，二十四节气中它走过了十六个，经历春气浩荡，莺飞草长，花木色鲜，稻蔬成熟，甘蔗在漫长的生长过程中蓄积了丰厚的营养和甘甜的汁液。甘蔗分为果蔗和糖蔗。糖蔗又叫竹蔗，皮色青黄，茎小，质地坚硬，含糖量高，用于榨糖。果蔗则比较松脆，皮色紫黑，质地比较松脆，汁水丰盈。炽阳浓烈，清凉蜜甜的甘蔗令暑气顿消。而寒风料峭，煮起一锅甘蔗马蹄，围炉夜话，又是另一番美景良辰。汁水丰盈、甘美清甜的甘蔗如同最好的友谊，安合一年之中所有的时节和心情。

汪曾祺先生有个短篇，写卖水果的叶三立春前后卖“棒打萝卜”，萝卜水分足，摔在地上就裂开了。比起萝卜，甘蔗要摔裂是有些难度的，但中越边界的靖西县湖润镇出产的黄皮果蔗，皮薄清甜，汁多松脆，掉到地上就断裂成数截，是最好吃的果蔗。

甘蔗不只是水果，还是食材。中国人讲究药食同源。甘蔗里含有人体必需的铁、钙、磷、锰、锌等多种微量元素，尤其是铁的含量特别多，被称作“补血果”。李时珍的《本草纲目》中说，蔗，是脾之果。其浆甘寒，能泻火热。煎炼成糖，则甘温而助湿热。甘蔗生吃可治消化不良，熟吃可以清热解毒。

张爱玲说人生三恨是海棠不香，鲥鱼多刺，《红楼梦》未完。美食家蔡澜则抱怨羊肉不膻，女人不骚，都是缺点。口味偏清淡的南方人大多承受不起羊肉的浓郁味道，甘蔗便成了羊肉的绝配，湮灭羊肉的膻气，加添汤水的清甜，成就众人期盼的一锅浓郁滋补的羊肉汤。

甘蔗带皮啃是豪放派吃法，榨汁则是婉约派。琼瑶阿姨在《彩霞满天》里写男主乔书培用了一杯甘蔗汁去挽回女主殷采芹的爱情，这杯甘蔗汁曾经在他们最艰难的日子里带去过甜蜜的希望。你完全无法想象用一杯咖啡来代替这杯甘蔗汁。甘蔗汁不像咖啡那样婉转和精致，它不洋气，甚至带着乡土味儿,但它所挟带着禾本植物特有的清香所透露出的诚恳，刚好配得上繁冗的世俗生活，足以抚慰琐碎而平实的人生。

甘蔗坚硬的外质很容易被人看作铁骨男子，但我却觉得它更像经历了岁月磨难而变得从容智慧的女人。

在她还是一根甘蔗的时候，她曾经凌厉过，柔软的叶子长满锯齿，每一个靠近她的人都被划割得遍体鳞伤；她曾因平凡的外表而被忽视，为了吸引别人的注意，她身上的叶子布满毛毛，令每一个触碰到她的人浑身刺痒，她像一个任性的女子，以令人痛恨的方式让别人记住自己。于是她被送去接受生活的淬炼，压榨、提纯、浓缩、结晶，以“糖”的姿态重新出现，只有从那杯蔗汁里散发出的青草气息，你才会想起她曾经有过的那些任性时光。

当你品尝着松软的蛋糕，当你喝着香浓的咖啡，当你和恋人头抵头分享一杯冰激凌，当糖醋排骨让你念起远方的母亲……你都可以感受到“糖”的那份悦人之心。她抚慰着苦味的沧桑，柔和了酸味的锋芒，她落落大方地出现在豪华高档的场合，她也成全普罗大众的岁月静好。她终于如同涅槃的凤凰，从一切苦难中变得从容和包容，不再和生活较劲，只成全不争夺，和她的每一次遇见于是都成为一种美好。

甘蔗于我最温馨的记忆，是小时候午休初起，母亲将甘蔗截去节眼后剖成细细四根，一边递给我，一边用手揉摸我的额头，说：“吃根甘蔗醒醒眼，该上学了。”

同学对甘蔗的美好记忆是小时候菜地边那几棵甘蔗。在水果和零食都稀少的年代，每次大人让她到地里摘菜，她一多半心思是奔着甘蔗去的。随手摘几蔸青菜，然后折一根甘蔗，在菜地边上用水洗洗，一路撕咬着厚硬的蔗皮，啃着回家。一直到现在，她都觉得童年时的甘蔗最甜。

大学时班里一位腼腆的女同学，从来习惯小心翼翼隐藏自己的情感，可是爱上了一个更小心翼翼的男生。冬天的一个夜晚，女孩鼓足勇气把男生叫出来陪她到街上买甘蔗，披着满身星光，两人一路走了四个小时回来。女同学说："很有那种一直走到地老天荒的感觉。"

【小寒】

1 月 5 日 -7 日

雁北乡

鹊始巢

雉始鸲

冷气久积，寒气日增，天地间开始进入到了寒冷季节。此时阳气已动，大雁自南北归。北方的喜鹊感受到阳气生长，开始筑巢产卵。山鸡（雉）也感阳气生长而欢快鸣叫。

PICKLES

57 寒菜

酸笋　头菜　酸菜　芋蒙　藠　黄瓜皮

寒菜是一种什么植物呢，准确地说，它不是一种特定的植物，而是一类食物的统称。
《真州竹枝词引》说，“小雪后，人家腌菜，曰‘寒菜’”。

腌菜的历史很长，从《周礼》《诗经》开始就有记载。
人们腌菜的本意是打算在菜蔬淡季时节派上用场，没想到，却腌出五味杂陈，
丰富了人们的味觉享受。

中华大地，腌菜种类繁多，但南北又有差异。
离乡而居，在享受着北方酸菜炖粉条的同时，
更时常怀念南方家乡那些经乳酸改变之后的特殊滋味。

酸笋

酸笋是南宁招牌米粉——“老友粉”必不可少的配料，初闻不习惯的时候，会感觉空气中有一股浓烈的馊味，这也是很多外地人到南宁后的第一种关于气味的感觉。闻惯了的本地人难以觉察，反会诧异：“没有呀，南宁是绿城，空气可清新啦。”久入芝兰之室抑或鲍鱼之肆？见仁见智，但结果是一样的，那就是久而不觉其味。

大头笋用来做酸笋最好，纤维少，更脆嫩。我看过婆婆泡酸笋，将大头笋去壳后切段，放入干净无油的坛子，加入凉白开浸过笋段，盖上坛盖后在坛沿加清水密封。整个过程无须添加食盐或醋，十天左右鲜笋就变成酸笋了。

煸干是炒腌菜时一道必不可少的工序，这既是用热力焙除其中的酸腐味，使酸味更纯粹，同时，水分焙干后，其他的味道也更容易吸附和渗透，滋味更醇香浓郁。

一旦习惯了酸笋那种特殊的酸腐气味，就会非常喜欢有它参与的菜肴。酸笋开胃，《红楼梦》里，薛姨妈让人做酸笋鸡皮汤给宝玉醒酒，“宝玉痛喝了两碗”。酸笋是桂中、桂北的两道名小吃——柳州螺蛳粉和桂林米粉的重要配料。不过据从小在桂林出生长大的“土著”说，正宗的桂林米粉是不加任何配料的，就是单纯的卤肉粉，好吃全在那一勺秘制的卤水上。八十年代后才慢慢加入酸豆角和酸笋做配菜，但也只是放在配料台上随君自取。

过去南宁人主要用酸笋来做老友粉和炒田螺。现在开发出很多老友系菜肴，酸笋鱼头汤、酸笋炒牛肉、酸笋焖鱼干。酸笋搭素菜也很绝妙，平淡无奇的红薯叶，因为加入了酸笋和干辣椒，就像平日里看着木讷的同学，得了些鼓励，一下子活泼起来。

头菜

芥菜有着极其丰富的子用、叶用、茎用、芽用和根用品种，大头菜是其中之一，广西很多地方都有种植。刚从泥土里挖出来的大头菜的块茎比白萝卜还要长和大，吃起来也有股萝卜的辣味儿。挑选块茎粗实肉厚的，削去外层硬皮，加入豉油、粗盐等腌制三个月左右，就能做成有名的横县佛手大头菜。

头菜根据腌制方法不同，有咸、酸两种口味。如果是吃叶子，自然是咸头菜的香。要是食用块茎部分，酸头菜就更脆更爽口。酸头菜炒过之后带点儿铁腥味，我大爱这个味道。咸头菜没有这个异味，味道便显得中规中矩。所以酸头菜像刚入荣国府的丫头，还带点儿野性。咸头菜则像袭人，虽然不是主子，也有几分主子的模样了。

从前货物流通不如现在方便，横县不靠海，少能吃到鱿鱼，切片的头菜和干鱿鱼泡发后切片的样子质地非常相像，民间戏称“土鱿鱼”。咸头菜和五花肉剁碎了蒸肉饼，腌鲜相搭，荤素结合，用来下饭，好吃到停不下来。先用水泡出头菜的大部分盐分，在热锅里焙干，加荤油素炒，是夏天吃白粥最好的搭配。头菜焖五花肉，肉质焖至绵软，头菜吸附了动物油脂和蛋白质，滋味醇厚间透出芥类植物特有的香味，比肉更受欢迎，这是典型的“妹仔大过主人婆”。

上大学的时候，食堂外总有一些教工家属在偷偷卖小菜，和食堂的大锅菜相比，这些卖相朴实但味道醇厚的家常菜深受我们欢迎。有位老阿姨做的鸭血和别人的不一样，别人用韭菜搭配，她则用切碎的头菜叶子和嫩滑的鸭血做成咸辣口味，还配有香菱、辣椒，随君自取，生意特别好。

酸菜

我国制作酸菜的历史悠久，早在《周礼》中就有记载。北方腌酸菜多用大白菜，南方做酸菜用的是芥菜，同一棵芥菜做出来的酸菜，叶子、肉茎以及菜心部分各自有着不一样的味道，非常奇妙。

南宁市近郊的扬美古镇，起于宋代，依左江而兴，航运发达，从镇上那些雕梁画栋的老房子还能依稀看到曾经的繁华。大凡古镇里总是有些有名气的小吃，比如周庄的蹄髈、黄姚的豆豉、丹洲的萝卜干……扬美令人印象深刻的是酸菜。

秋天，芥菜最肥美的时节，左江岸边，一畦畦菜地里生长着肥厚的芥菜，菜地旁的青石板房后陈放着一个个大陶缸，缸里满满的都是芥菜，用淘米水腌制，黄绿相间，无须走到跟前，已能闻到芥菜腌渍后那种错综复杂的酸香。扬美酸菜选用茎梗肥厚的肉芥菜，味道偏咸酸。在南宁的菜市场，扬美酸菜总卖得比别的酸菜贵一些，买的人也更多。酸菜的肉茎切片炒牛肉，或整棵切碎与肉臊、辣椒同炒，都是开胃的好菜。

蔡澜先生有个快速的芥菜泡菜做法。有一次，朋友们相约来我家吃饭，我便依葫芦画瓢做了这道泡芥菜。肉芥菜只取菜心部分，切块搓盐略腌后，用纯净水洗去盐分，一层辣椒，一层芥菜，半层大蒜，半层糖，这样逐层放入，然后倒入鱼露淹没至半，来回颠倒让味道调和。蔡先生说贪快的话四十分钟即可食用。我是头天开始做，第二天上桌，被迅速地一扫而光。多年后，仍有人咂巴着嘴回味。

芋蒙

芋蒙又叫芋苗，是用芋头的秆茎腌制而成的咸菜。

芋头叶子与荷叶有些相似，广西有些地方也把芋头苗叫芋荷。“夕雨红榴拆，新秋绿芋肥”，秋风起时，是芋头收获的盛期，但芋蒙一年四季都可以制作。将芋秆切成 2–3 厘米的段，太阳下晒一天让芋秆脱去水分变得蔫软，然后加盐揉搓，用淘米水浸泡使其发酵变酸。

南宁菜市场上卖的芋蒙分带皮和削皮两种。削皮的芋蒙绵滑，用来炒螺、焖鱼最好，互相渗透，相得益彰。带皮的芋蒙加蒜米、紫苏、辣椒和豆豉一起爆炒，咸辣脆口有嚼劲，送粥最宜。

芋秆的海绵状肌理组织使得它很容易吸收水分，炒芋蒙之前要先挤干水分，然后在热锅上焙干。一般的腌酸菜在煮之前都应该先经过焙干这道程序，有人偷懒，会把这一步省掉，但炒芋蒙可切切偷懒不得。芋秆的黏液中含有植物碱，接触皮肤后容易引起过敏，喉咙又麻又痒，像有蚂蚁在嗓间爬，却又抓挠不着，那种感觉十分难受和痛苦。但是植物碱经过热分解后会消除，所以炒芋蒙一定要先焙干，再煮到熟透。

芋蒙煮鱼，或者焖螺，尤其是海螺，滋味鲜香。除了芋蒙，海边的渔民也用萝卜缨炒红螺。萝卜缨是萝卜的地上叶茎部分，一般都弃而不用。海边蔬菜少，渔民将萝卜缨切碎后用盐腌制，原本寡淡无味的萝卜缨吸收海螺肉的鲜甜，赋予海螺肉层次更丰富的味道，相得益彰，成了广西海边一道别有风味的菜肴。

Allium macrostemon Bunge.

藠

学名：薤白。百合科葱属植物。鳞茎近球状，鳞茎外皮带黑色，纸质或膜质。叶 3–5 枚，半圆柱状，中空。花莛圆柱状，伞形花序半球状至球状，具多而密集的花，或间具珠芽或有时全为珠芽，珠芽暗紫色。花果期 5–7 月。

藠头在广西很常见，但很多人不知道这个字，超市里会写作“荞头”。

藠在古代称“薤”。我看汪曾祺先生的文章，知道汉代人们常常食薤，因为薤叶极细，还勾引出对人生的感慨：“薤上露，何易晞，露晞明朝还落复，人死一去何时归？”（汉代挽歌《薤露》）人生短暂，还不如薤叶上的露水，露水每天都会重新出现，可是人死何时才能复生？生命真是既宝贵又脆弱。

Allium macrostemon Bunge.
藠

汪先生文章里说，因为“薤叶极细”，所以汉代人在感慨人生短暂如朝露时“不说葱上露、韭上露是很有道理的。薤叶上实在挂不住太多露水”。我是见过新鲜的藠头（薤）的，叶子比韭菜叶要大一些，而且是中空的圆茎。

那时我刚毕业不久，有一次下班晚了，菜市里除了烧卤店还亮着暖暖的红色灯光，就只有一位老农还守着两把“香葱”。因为不吃葱，我转身欲走，菜农纠正我说这不是葱，是藠。我开始没听明白，又问了一遍，才知道这是新鲜的藠苗。菜农说像炒青菜一样炒着吃，若是炒牛肉就更香。我回家后把它切成段和牛肉同炒，气味可比葱柔和多了，果然好吃，别有一种滋味。

藠（薤）叶的表面覆有蜡粉，叶表光滑，露水很难附着，西汉政府官员曾劝导人们多种植薤（薤当时也叫“宅蒜”“家芝”），可见是当时很普遍的园中蔬菜，我想，是人们从生活和劳作中发现藠叶的这个特征，所以才生出“人生苦短如朝露”的感慨吧。

藠头最常见的做法还是用来腌渍。藠是百合科葱属植物，腌酸时用的是它长在地下的鳞茎，藠头的鳞茎比葱头肥大，腌渍后口感酸脆咸甜，十分爽口。腌藠头的做法和北方的糖蒜有点儿相似，不知道是不是我孤陋寡闻，感觉糖蒜都是作为餐前小菜上桌，似乎没见过用来做菜。藠头是可以入肴的，炒牛肉，或剁碎和辣椒同炒，酸鲜开胃。

柠檬鸭是南宁的一道特色菜，鸭子煮至七分熟后捞出，斩件，用大锅旺火煸出鸭油，加入足够多的大蒜、足够多的肉姜条、足够多的酸辣椒和足够多的柠檬及藠头，猛火煸炒直至五味糅合后出锅。整道菜酸咸辣鲜，味道丰厚，这道菜里，主角和配角的演出同样精彩，吃了鸭子，那饱浸鸭油和鸭香的酸料开胃惹味，可以送下去好几碗饭。

柴火柠檬鸭最早出自南宁市郊的高峰林场，多少人顶着烈日或者寒风，驱车十几里前往，如今在市里开了好几家分店，但是，少了那一眼柴火大灶，少了那一路风尘仆仆，又减掉了一味藠头，这高峰柠檬鸭的滋味便欠了好几分，不复当年那份像裹挟着山风的豪爽。

黄瓜皮

广西的北部湾一带有做黄瓜皮的传统，尤以钦州瓜皮最为有名，用当地特有的短藤白皮黄瓜腌制而成。

白皮黄瓜圆圆短短，一个成人巴掌长短，粗如小儿手臂。一种做法是用生盐抓腌后，放在太阳下曝晒几天，这是让盐分渗透，也是让水分析出，黄瓜变得更脆口。还有一种做法是用生盐抓腌后，放在袋子里，像做豆腐一样，其上压以重石，用重力将多余的水分压出，然后放在太阳下曝晒。这种方法做出来的黄瓜干干扁扁的，看起来似乎只剩下一层皮，得名“瓜皮”。北海、合浦一带，喜欢将老黄瓜皮用水漂除盐分后加红醋、冰糖、黄肉姜和猪蹄同炖，是女子的滋补良品。

炒瓜皮有两样配料不可少：大蒜和紫苏。余者，如辣椒、碎肉、田螺肉等则随各人喜好添加。炒出来的瓜皮咸酸脆口，炎炎夏日，有一碟炒瓜皮就稀饭，这夏日便似过得轻松、清爽一些。若是病中不思饮食，有了瓜皮，吃上几口熬得稀烂的粥，这病也便生得像那么一回事，有人贴心记挂的样子。

有一次去浦北县的木叶定村看红椎菌，从山上下来，走在平坦的石路上，村民指指路中间一块青黝的条石让我看，我看到石下压着一个袋子，村民说："腌黄瓜皮。"

村里家家户户都用竹竿搭了简单的架子，搁着几箩瓜皮在太阳底下晒，黄灿灿的，走近了，便闻到一股咸香，还有太阳的味道。大家都取出相机拍照，我凑过去看相片回放，有一帧特别喜欢：竹匾的茶褐和瓜皮的金黄填满了整个画面，颜色浓丽，像凡高笔下疯狂的向日葵。

这个村子因为盛产品质极好的红椎菌，村民收入不错，生活若是安定，人便平顺和气，我们在村子里时时遇上笑容美好的村民，善意问候，欢迎常来，有种置身桃花源的安适。临走时，老村长塞过来一个小包裹，手触之下感觉冰凉发软。正手忙脚乱地与众人道别，也没细想。车子离开村庄后打开包裹，原来是村民晒制的瓜皮。捧的时间有点儿长，原本冰凉的瓜皮在手中微微发暖。想起有次翻书，见一封清人胡介写给康小范的信，"笋茶奉敬，素交淡泊，所能与有道共者，草木之味耳"。

#【大寒】

1 月 20 日 -21 日

鸡始乳

征鸟厉疾

水泽腹坚

这是一年中最寒冷的季节，但梅花凌霜傲雪而开。饥饿的老鹰顶着寒风外出觅食，家养的母鸡在临近春天的时候开始孵育下一代。天寒地冻，冰层深厚，冰天雪地中万物蛰藏，但生机正在其间。

GLUTINOUS RICE

58 糯米

糯米

Oryza sativa L.Var.Glutinosa Matsum

糯米

禾本科一年生草本植物，是稻的黏性变种。

其颖果平滑，粒饱满，稍圆，脱壳后称糯米，外观为不透明的白色，

与其他稻米的最主要区别是它所含的淀粉中以支链淀粉为主，达95% ~ 100%，因而具有黏性。

快过年了，姑姑们开始撺掇爷爷炒一大锅米花。炒米花用的阴米是老家的亲戚做的，每年的大年前便送过来，从没有中断过。

爷爷的家乡在北回归线以南的上林，山清水秀，出产特别好的稻米。糯稻的生长期要比水稻短，一般一百天左右就可以收获，在热力反常的年份甚至只需八十天，而水稻生长期一般在一百一十天到一百二十天。种早稻的时候，老家亲戚会划出一两分田，种一年里自家需要的糯米。糯稻收割后，这片地还可以用来播种，做晚稻的秧苗地。这田里种出的糯稻打出来的糯米，色白而米粒圆短，是最好最香的大糯。把糯米隔水蒸

熟，阴晾至半干，用木槌在石臼里舂成扁平，再继续阴晾至米粒干透，便成了阴米。阴米炒蓬松后，就是米花。

爷爷炒米花是不放油的，所以需要讲点小技巧。炒前按两把米加一瓶盖米酒的量，把阴米醒上几分钟。醒过的阴米放入热锅，先大火再转小火，不停翻炒，当米色转白、米粒变得蓬松时就可以出锅了。这种米花应该和郑板桥、汪曾祺先生他们的文章中的炒米是同样的东西，即使有所区别也不过是制作方法上的精粗之别而已。

在我的老家玉林，米花以另外的方式出现。每年十二月过半，很多人家就开始惦记着做白馓骨。白馓是玉林最有特色的食物之一，骨是土话，其实就是做白馓的米坯。白馓上凸起有福禄寿的吉祥字，经油炸后会蓬发，当地人取其“发达”的吉意。过农历大年时，家家户户都少不了它，是供奉神祖的必备品，也是走亲访友的相赠手信。

白馓圆大如碟，做起来并不简单。一是选材；二是挑天气。

先说天气吧。为什么要挑十二月中旬呢？因为到了那个时候，年已将近，南方阴雨连绵的雨季又还未到来，选连续几日的阳光晴好的起风天。如果有那么一两天，你感觉自己的手干燥无比，怎样涂抹护手霜都还是涩涩的令你心烦，晚上再抬头看看天，满天星斗，那就赶紧到市场上去买糯米吧。到了市场，你说“我要买白馓糯米”，店家就知道该给你哪一种。其实糯米里并没有“白馓糯米”品种，它指的是比早春糯米黏性大的晚稻糯米。搓洗会使糯米流失一部分黏性，所以直接用水浸泡十个小

9 时，然后放在木制蒸桶上隔水蒸熟。趁热倒在大竹匾上，用模具使之成型，这一步不难，就像孩子在海边用模具做沙子螃蟹或做沙子饼干一样。成型后的米坯不要翻动，这时可以接着去做剩下的。做米坯的过程中不能撤火，要一直保持糯米的热度。做好的米坯拿到太阳底下晾晒。一天后，翻个个儿晒另一面。如此这般三四天时间，米坯基本变硬，白馓骨便做好了一半。

接下来的程序是过糖。十斤糯米大概可以做成四十个白馓骨，将一斤半白糖用三饭碗水，加姜一起煮开。加姜的作用是让糖水去掉腥气。过糖的时间一般选择在中午，阳光下晒得发热的米坯在滚烫的糖水中一过即刻夹起。然后用毛笔或棉签蘸点白酒调匀的食用花红粉，在米坯当中一点，这是最后的一步——点红，点过红的米坯放到竹匾继续晾晒。大约再过一个星期，白馓骨才算是做好了。

要到腊月底，才把做好的白馓骨用花生油或茶油炸发。油炸前，把白馓骨再晒一晒去掉水沙。当锅中油起淡淡的白烟后，逐个放入白馓骨，火候和时间的掌握完全靠经验，“无他，唯手熟尔”。控油，冷却后就可以吃了。油炸过的白馓不会留有炸不开的骨，香脆酥化，吃了停不住嘴。

玉林还有种糯米做的小吃叫糖馓，坊间称作“嘭米花”，因为糯米不是炒出来而是在爆米花的铁筒里置于火上“嘭”出来的，这样制作后的糯米松绵，入口即化。把“嘭米”倒在模里，与炒出的红糖油混合，糖油既是黏合剂也是添味，待冷却后切块即可。空口吃或泡水都极美味。我很爱吃“嘭米花”，在城里少有人做，一般都是乡里人家才有这样的器具，以前高中的好友回老家过年，回来时总会给我捎上一些，这些年同学的老家已经没有人再做“嘭米”，糖馓便成了消失的美味。

大年二十九，我回老家过年，初中六友一起逛花市，分手时，当年的同桌让我在花市门口等一等她，再出现时，她递给我一个大大的纸箱，里边装满了糖馓！儿子的小姑姑和小姑丈看到糖馓，也兴奋不已，连声说道，这就是小时候的可比克呀！

王羲之写信给朋友，“奉橘三百枚，霜未降，未可多得”。还没打霜呢，橘未够甜，只能送上三百枚了。汉代有人送给朋友一块绿玉佩，他说：“奉谨以琅玕一致问春君，幸毋相忘。”我用开水泡了一杯糖馓，杯子捧在手中，暖暖的，袅袅而起的是糖馓的甜香，很想对远方的老友说：“糖馓何蜜甜也，长相忆。”

CAMELLIA

59 茶花

茶花

Camellia japonica L.

茶花

别名：山茶，山茶科山茶属植物。灌木或小乔木，叶革质，椭圆形，花顶生，多为红色或淡红色，亦有白色，多为重瓣，无柄。花期 1–4 月。蒴果圆球形。

还有几天，大寒就过去了，新年的脚步声已隐隐可闻。收到母亲的短信：“今年茶花又打了满树的花蕾，等你回来的时候，它们就全开了。”短短几句，我却仿佛已经看到那棵结满花苞的山茶，还有站在山茶下微笑的母亲。

这棵山茶养在我们家有十年了，是有一年逛春节花市时买的。每年大年初一逛花市，是我们家多年的传统。年橘和水仙是过年前买的，初一去花市，那是去行大运，花市里花红柳绿姹紫嫣红，眼里有花，心生喜悦，新的一年鸿运当头。茶花是年宵花市的主角，文瓣、武瓣、白茶、赤丹、中华红、松子壳……看这棵好，看那棵也漂亮，真真挑花了眼。然后看到一株茶花，高不满尺，和周围那些长得高头大马花开满树的相比，简

Camellia japonica L.

茶花

3 直就是丑小鸭。但是盆里插了一块纸牌，歪歪扭扭写了四个响当当的字：十八学士。

爸说：“十八学士哦。”

我说：“是哦，十八学士呢。”

然后，然后就把它买回家了。

妈妈是家里的“绿手指”，她时常挂在嘴边的话和圣·方济各一个调调。

有人问正在花园里浇花的方济各：“如果明天是世界末日，今天你会做什么？”方济各说：“浇花。”

我妈妈说：“我睡不着就想起来浇花。”事实上，她不是想起来浇花，她是真的起来浇花。

我妈妈养花也像养人，营养供足，浇水时还跟花聊上几句，多半也是些鼓励的话。她先是把这棵瘦小的“十八学士”种在一口大瓦缸里，理由是“花也要住得宽敞才舒服”，后来砌了个花坛，把它移到地上，说是“茶花要地气”。平常把鱼肠鱼鳃什么的一股脑儿埋到土里，花生壳放密封罐里沤上一段，“花生麸，氮肥”，炖过汤的骨头晒干烧成灰，也埋进泥去，“磷肥”……一套套的，很有《天龙八部》里小茶、小桃侍弄茶花的架势。

她种的金银花葳蕤披拂，早上银花，傍晚金花，开始我还图新鲜去摘将开未开的花晒干了泡茶，后来便放弃了，实在是摘不完。三角梅开满四季，宫粉、玫红、罗兰紫，团团簇簇，花不断，从阳台往外招展，路过的熟人看见了便扬起脸夸，“你家的三角梅开得这样火”。火龙果结得多，虽然果不大，但像蜜一样甜又多汁。无花果结满树，当水果吃、炖汤、晒果脯，吃到老爸抗议：“听到无花果三个字都要怕……”

如今那棵茶花，长得比我还高，其实花开之后，就知道并不是什么十八学士，只是普通的朱砂紫袍。想想也是，十八学士岂那么容易得见，段誉在王夫人的曼陀山庄里也只不过见到了落第秀才，比十八学士还少一种颜色！可是又有什么关系呢？这棵朱砂紫袍每年一入冬就结蕾，将开春就绽放，满树的花，总有百八十朵，开一朵，妈妈便想我一次。我想妈妈的时候，便打电话和她聊天，她的话题总少不了这满树茶花。那么多花，带给我和我妈无尽的欢喜，足够了。

所以，幸福与否，如何去判断？我想，无非是你对自己的生活有一个想望，够得着，或者够不着，仅此而已。

我的幸福刚刚好。

【后记】

POSTSCRIPT

一个偶然的机会认识了翊鸣，她问我会不会画植物。我喜欢画画，但还真没有画过植物，有点打怵。试试吧，心里有个声音对自己说："人生不就是在尝试中才充满了惊喜吗？"在画画的过程中，我们不断沟通，我更了解了这个严谨、认真又充满正能量的姐姐。几十幅花草画下来，我发现了植物的美，读着文章里一个个有意思的故事，连花都变得更有灵性了。

——崔莹　90 后画手　职员

植物能给予人的不只是美的欣赏和沉思，还能带给人力量。妈妈的本职工作与植物没有什么联系，却因为喜欢，常常买很多植物书来看，在空间狭小的阳台种花种菜，为不懂的问题请教"植物人"朋友，在路上看到植物总停下来研究半天。妈妈的这种痴迷，最终变成了这本书，《又自在又美丽》，我觉得也是一种态度，as beautiful as you are。

——Teddy　学生

植物之于人来说是那么地渺小，它们有自己的生活方式，甚至让人以为它亘古不变而被忽视。但当我们在匆忙的都市生活中，偶然驻足，发现自己已经凌乱，而它们却依然"又自在又美丽"，像是提醒我们生活本该有的样貌，去珍视，去面对，更要去享受。

——屈铖　纪录片导演

看翊鸣的植物文章，感觉很有 feel，我一直认为这样的文章，是应该在周末泡着茉莉花茶，或者在旅途中来读的，只是读着读着，就突然会感觉特别饿，因为文章中有太多太诱人的东西。我一直从事植物方面的研究，看过很多很厚的书，很专业，但是枯燥。具体的物种的性状都是一样的，但不同的人对同一物种的感觉却千差万别，她的文章处于纯专业和生活之间，通过对各种植物的描写，糅合了大量的生活元素，透着情趣，读着感觉舒服、温暖、清新。

——半枝兰　植物学博士

因好友的推荐认识了翊鸣，立刻被她的知性吸引。读她的文字，如同味蕾被唤醒，生活变得色香味俱全起来，那是用纯明澄澈的心去体贴外物、感受世界，再以妙笔表达出来的隽永意味。文如其人，可以说翊鸣是一个“思无邪”之人，曾热望她能给我讲讲《诗经》，可惜日子总是各自忙碌着，一直未能如愿。好在有了她的文字，虽然只是写了一棵树、一朵花，但那围绕着植物满溢而出的生命之美，会让人感受到何为物我相应的生命状态。

——玉翀　金融业

知道植物的名字是很厉害的事情。路边长着高高低低的树，深深浅浅的花一时开、一时落，看一眼就过去了。要是旁边有人对你说，这是大叶紫薇呀、这是美洲合欢呀、这是黄槐决明呀，风从叶间吹过，世界忽然就温柔起来。告诉我这些名字的朋友只能是翊鸣，她像是和它们熟稔已久、信手拈来。她说柚子应当气味芬芳，“一个柚子光有甜味，就显得有点儿傻”；她说三角梅的疯魔，“仿佛天地间只剩下灿烂开花这一件事情”；而冻死大半的三角梅便成了“叶色浓重如绿墨，像经历重创的人，满腹心事，再无欢颜”。有时候，你不知道她在说植物，还是人生。

——燕七　媒体人

我喜欢植物，自在、美丽、不卑不亢、沉默高贵，你若投之以细心照拂看顾，它必报你苍翠繁盛，以花以果，以根以茎以叶。《又自在又美丽》捧读间仿如闲话家常，翻滚鱼锅里飘着清香的芋苗、中秋朗月下饱满酸爽的柚片、甜美糯香的柿饼……翊鸣细细地告诉你，它们的前生今世以及承载的爱与哀愁。

——雪心　职员

以前，只感受到植物的美丽，却不曾感受到植物的自在。读了翊鸣的文章，感受了种种植物的生命意义，从此可以在每株植物前驻足体味。

——王瑾　大学教师

我从小热衷于给树叶花朵写生、做标本，记下特征和名字……《又自在又美丽》既有植物种类、习性及用途等科普知识，满足了我的求知欲，也有儿时旧事温馨恬淡的描述，勾起我诸多回忆。
——邱茜茜　金融从业人员

我希望自己是高大的木棉，老公是橡树，这样我永远都不会鄙视他，也不用担心他看轻我。和翊鸣聊天时，我很羞愧地发现，其实我分不清楚这两种树，但是我们有一点是一致的，就是自在和美丽是共通的。人在植物形象上有所寄托，不依其植物学知识为基础。有心，有关情，就可以美滋滋的了。
——Ansi　媒体编辑

闲适的周末，一杯茶、一本书、一个果，一切妥妥的刚刚好。书正好翻到立冬时节的金橘篇，字里行间满满透着作者对南方家乡的思念。小时候每到暑假，就会被大人放到乡下，满山满地地疯跑，印象中能吃的野果都极酸："胭脂果"，外皮浅青色，果肉鲜红鲜红的像胭脂，很诱人；"竹节子"，除了果皮和果肉都是黄色以外，整个果实的外观和构造都与山竹很像。不知这两种果子如今是否安在？酸的甜的，都是儿时的记忆，家乡的味道。
——春莲　企管

在钢筋水泥雾霾笼罩的都市中过久了，读到这样活泼灵动且情味儿浓浓的文字，就像在冬日呼吸着清冽干净的空气般令人轻松愉快。书中植物本身的情致、植物与人的故事，人与人之间的情意，看罢有种清新又温暖的怀旧感生发出来。小时候住家的院子里种着桂花树，一到初秋，满树金黄。我总是惊异于她们小小身姿迸发出的巨大香气，隔得老远都能闻到，近了嗅也不觉得腻，只觉得鼻头也被染香了，更是欢喜。
——成丽春　培训师

AS BEAUTIFUL AS
YOU ARE
BEAUTIFUL AS
YOU ARE
AS BEAUTIFUL AS
YOU ARE
AS BEAUTIFUL AS
YOU ARE
S BEAUTIFUL AS
YOU ARE

AS BEAUTIFUL AS
YOU ARE
AS BEAUTIFUL AS
YOU ARE
AS BEAUTIFUL AS
YOU ARE
AS BEAUTIFUL AS
YOU ARE

AS BEAUTIFUL AS
YOU ARE
AS BEAUTIFUL AS
YOU ARE

图书在版编目（C I P）数据

又自在又美丽 / 翊鸣著 .— 北京：北京联合出版公司，
2016.2
ISBN 978-7-5502-7064-0

Ⅰ . ①又… Ⅱ . ①翊… Ⅲ . ①散文集—中国—当代
Ⅳ . ① I267

中国版本图书馆 CIP 数据核字 (2015) 第 321546 号

又自在又美丽

作者：翊鸣
选题策划：一本工作室
责任编辑：杨青 徐秀琴
整体装帧：熊琼工作室 熊琼 + 刘清

北京联合出版公司出版
（北京市西城区德外大街 83 号楼 9 层 100088）
北京盛通印刷股份有限公司 新华书店经销
字数 253 千字 880 毫米 ×1230 毫米 1/32 印张 11
2016 年 3 月第 1 版 2016 年 3 月第 1 次印刷
ISBN 978-7-5502-7064-0
定价：66.00 元